韓語發音速查表

	ㅏ	ㅑ	ㅓ	ㅕ	ㅗ	ㅛ	ㅜ	ㅠ	ㅡ	ㅣ
	ㄚ a	ㄧㄚ ya	ㄛ eo	ㄧㄜ yeo	ㄛ o	ㄧㄛ yo	ㄨ u	ㄧㄨ yu	ㄜ eu	ㄧ i
ㄱ	가	갸	거	겨	고	교	구	규	그	기
ㄍ/ㄎ	ㄍㄚ ㄎㄚ	ㄍㄧㄚ ㄎㄧㄚ	ㄍㄛ ㄎㄛ	ㄍㄧㄜ ㄎㄧㄜ	ㄍㄛ ㄎㄛ	ㄍㄧㄛ ㄎㄧㄛ	ㄍㄨ ㄎㄨ	ㄍㄧㄨ ㄎㄧㄨ	ㄍ/ㄎ	ㄍㄧ ㄎㄧ
g/ k	ga ka	gya kya	geo keo	gyeo kyeo	go ko	gyo kyo	gu ku	gyu kyu	geu keu	gi ki
ㄴ	나	냐	너	녀	노	뇨	누	뉴	느	니
ㄋ	ㄋㄚ	ㄋㄧㄚ	ㄋㄛ	ㄋㄧㄜ	ㄋㄛ	ㄋㄧㄛ	ㄋㄨ	ㄋㄧㄨ	ㄋ	ㄋㄧ
n	na	nya	neo	nyeo	no	nyo	nu	nyu	neu	ni
ㄷ	다	댜	더	뎌	도	됴	두	듀	드	디
ㄉ/ㄊ	ㄉㄚ ㄊㄚ	ㄉㄧㄚ ㄊㄧㄚ	ㄉㄛ ㄊㄛ	ㄉㄧㄜ ㄊㄧㄜ	ㄉㄛ ㄊㄛ	ㄉㄧㄛ ㄊㄧㄛ	ㄉㄨ ㄊㄨ	ㄉㄧㄨ ㄊㄧㄨ	ㄉ/ㄊ	ㄉㄧ ㄊㄧ
d/t	da ta	dya tya	deo teo	dyeo tyeo	do to	dyo tyo	du to	dyu tyu	deu teu	di ti
ㄹ	라	랴	러	려	로	료	루	류	르	리
ㄌ	ㄌㄚ	ㄌㄧㄚ	ㄌㄛ	ㄌㄧㄜ	ㄌㄛ	ㄌㄧㄛ	ㄌㄨ	ㄌㄧㄨ	ㄌ/ㄖ	ㄌㄧ
r	ra	rya	reo	ryeo	ro	ryo	ru	ryu	reu	ri
ㅁ	마	먀	머	며	모	묘	무	뮤	므	미
ㄇ	ㄇㄚ	ㄇㄧㄚ	ㄇㄛ	ㄇㄧㄜ	ㄇㄛ	ㄇㄧㄛ	ㄇㄨ	ㄇㄧㄨ	ㄇ	ㄇㄧ
m	ma	mya	meo	myeo	mo	myo	mu	myu	meu	mi
ㅂ	바	뱌	버	벼	보	뵤	부	뷰	브	비
ㄅ/ㄆ	ㄅㄚ ㄆㄚ	ㄅㄧㄚ ㄆㄧㄚ	ㄅㄛ ㄆㄛ	ㄅㄧㄜ ㄆㄧㄜ	ㄅㄛ ㄆㄛ	ㄅㄧㄛ ㄆㄧㄛ	ㄅㄨ ㄆㄨ	ㄅㄧㄨ ㄆㄧㄨ	ㄅ/ㄆ	ㄅㄧ ㄆㄧ
b/p	ba pa	bya pya	beo peo	byeo pyeo	bo po	byo pyo	bu pu	byu pyu	beu peu	bi pi
ㅅ	사	샤	서	셔	소	쇼	수	슈	스	시
ㄙ/ㄒ	ㄙㄚ	ㄒㄧㄚ	ㄙㄛ	ㄒㄧㄜ	ㄙㄛ	ㄒㄧㄛ	ㄙㄨ	ㄒㄧㄨ	ㄙ	ㄒㄧ
s	sa	sya	seo	syeo	so	syo	su	syu	seu	si

	ㅏ	ㅑ	ㅓ	ㅕ	ㅗ	ㅛ	ㅜ	ㅠ	ㅡ	ㅣ
	ㄚ a	ㄧㄚ ya	ㄛ eo	ㄧㄜ yeo	ㄛ o	ㄧㄛ yo	ㄨ u	ㄧㄨ yu	ㄜ eu	ㄧ i
ㅇ	아	야	어	여	오	요	우	유	으	이
ㄥ	ㄚ	ㄧㄚ	ㄛ	ㄧㄜ	ㄛ	ㄧㄛ	ㄨ	ㄧㄨ	ㄜ	ㄧ
□	a	ya	eo	yeo	o	yo	u	yu	eu	i
ㅈ	자	쟈	저	져	조	죠	주	쥬	즈	지
ㄗ/ㄐ	ㄗㄚ ㄐㄚ	ㄐㄧㄚ ㄗㄧㄚ	ㄗㄛ ㄐㄛ	ㄗㄧㄜ ㄐㄧㄜ	ㄗㄛ ㄐㄛ	ㄗㄧㄛ ㄐㄧㄛ	ㄗㄨ ㄐㄨ	ㄗㄧㄨ ㄐㄧㄨ	ㄗ	ㄐㄧ
j/c	ja ca	jya cya	jeo ceo	jyeo cyeo	jo co	jyo cyo	ju cu	jyu cyu	jeu ceu	ji ci
ㅊ	차	챠	처	쳐	초	쵸	추	츄	츠	치
ㄘ/ㄑ	ㄘㄚ ㄑㄚ	ㄑㄧㄚ	ㄘㄛ	ㄑㄧㄜ	ㄘㄛ	ㄑㄧㄛ	ㄘㄨ	ㄑㄧㄨ	ㄘ	ㄑㄧ
ch	cha	chya	cheo	chyeo	cho	chyo	chu	chyu	cheu	chi
ㅋ	카	캬	커	켜	코	쿄	쿠	큐	크	키
ㄎ	ㄎㄚ	ㄎㄧㄚ	ㄎㄛ	ㄎㄧㄜ	ㄎㄛ	ㄎㄧㄛ	ㄎㄨ	ㄎㄧㄨ	ㄎ	ㄎㄧ
k	ka	kya	keo	kyeo	ko	kyo	ku	kyu	keu	ki
ㅌ	타	탸	터	텨	토	툐	투	튜	트	티
ㄊ	ㄊㄚ	ㄊㄧㄚ	ㄊㄛ	ㄊㄧㄜ	ㄊㄛ	ㄊㄧㄛ	ㄊㄨ	ㄊㄧㄨ	ㄊ	ㄊㄧ
t	ta	tya	teo	tyeo	to	tyo	tu	tyu	teu	ti
ㅍ	파	퍄	퍼	펴	포	표	푸	퓨	프	피
ㄆ	ㄆㄚ	ㄆㄧㄚ	ㄆㄛ	ㄆㄧㄜ	ㄆㄛ	ㄆㄧㄛ	ㄆㄨ	ㄆㄧㄨ	ㄆ	ㄆㄧ
p	pa	pya	peo	pyeo	po	pyo	pu	pyu	peu	pi
ㅎ	하	햐	허	혀	호	효	후	휴	흐	히
ㄏ	ㄏㄚ	ㄏㄧㄚ	ㄏㄛ	ㄏㄧㄜ	ㄏㄛ	ㄏㄧㄛ	ㄏㄨ	ㄏㄧㄨ	ㄏㄜ	ㄏㄧ
h	ha	hya	heo	hyeo	ho	hyo	hu	hyu	heu	hi

金敏珍、第二外語發展語研中心◎著

就是快！
韓語單字
開口就能說！

最生活化、最實用、最快加速學習腳步，
讓你眼睛看見的都能用韓語說！

비빔밥

한복

김치

出版序

看得到的通通用韓語說出來！

學習一個新的語言，不外乎先學發音，然後利用這些發音組合幾個簡單的生活單字，接下來就是接觸文法。而所謂文法，就是學習各種基礎句型及其延伸的應用句型。學習韓語的不二法門當然也是如此。

但是，這樣的窘境卻也經常發生：腦袋裡裝滿了紮實的句型，卻找不到適當的單字來套用。原因很簡單，就是單字背不起來。

《就是快！韓語單字開口就能說》幫助所有韓語學習者解決這個困擾；利用彩色圖像畫面來記憶，加上韓籍老師的發音CD輔助，看圖聽發音，自然而然記住每個生活上必用的各種單字。本書精心企劃了日常生活裡經常接觸的場景，包括住家、辦公室、商店、餐廳等，以及機場、郵局、海水浴場、美術館等機能及休閒場所，讓你眼睛所及的事物，都能用韓語開口說出來！

不只是名詞，本書還收錄了形容詞單字及動詞單字，並加註每個單字的應用句子，告訴你「高興的」和「愉快的」哪裡不一樣？「開電燈」和「開門」有什麼不同？並且特別規劃學習者最容易混淆的他動詞與自動詞單元，搭配生動活潑的插圖，讓你一眼就能分辨「車票掉了」和「車票弄丟了」的區別！

本書突破傳統語言單字書的刻板印象，捨棄依照字母發音排序死背單字的過時方法，生活周遭所有主題場景都在這裡一網打盡，及時需要及時用得到。每個主題單字並搭配相關單字，延伸話題時也能隨時增加自己的字彙能力。

韓語初學者，或想更豐富字彙者，就從本書開始，一次上手吧！

如何使用本書

結合視覺與聽覺，韓語單字輕鬆背！

韓國文化小常識
介紹韓國人的風土民情與生活，學習更有趣！
網址資料方便查詢更多訊息，延伸韓文閱讀！

每一頁場景都是一個新track的開始，隨時都能自由選擇想學的主題！

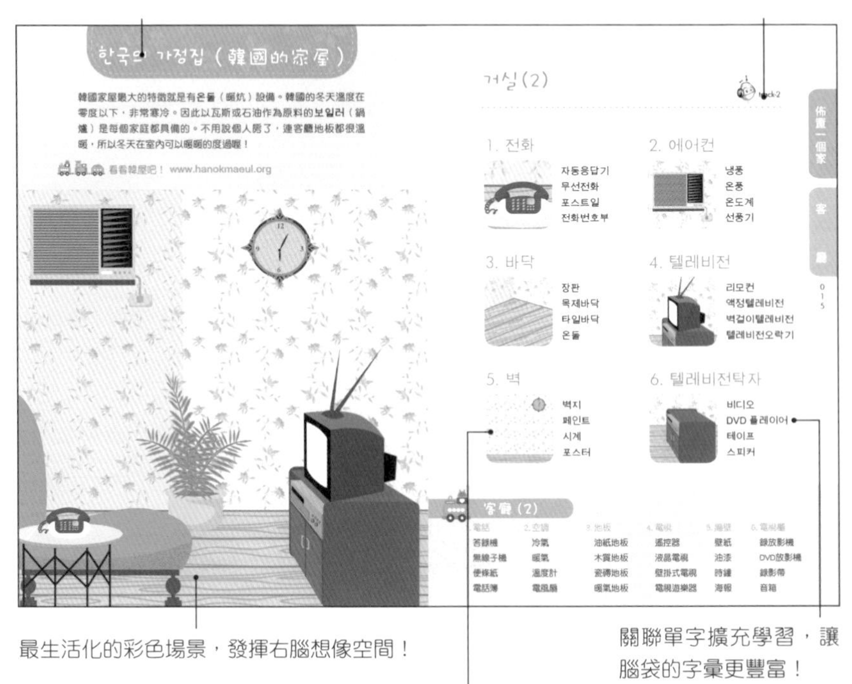

最生活化的彩色場景，發揮右腦想像空間！

關聯單字擴充學習，讓腦袋的字彙更豐富！

單字看圖會意，刺激右腦，不需要先靠中文翻譯！

聽CD背單字的秘訣：

精心設計的學習順序：CD中6個彩色主要單字依序各朗誦兩遍，6個都熟悉了之後可以依自己的學習狀況選擇

1. 跳過關聯單字，直接進入下一個track，先學完本書主要單字
2. 繼續聽完該單元關聯單字

自由的運用方式，讓生活韓語隨時都在你左右！

目錄

Unit1 佈置一個家

MP3-1-12

Unit2 我的辦公室

Unit3 逛街購物去

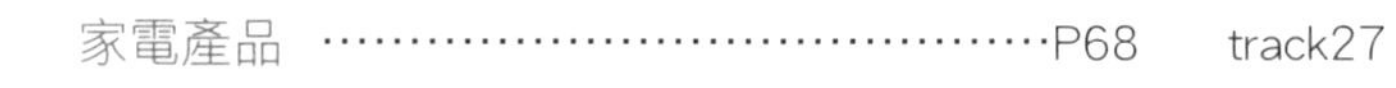

Unit4 外出用餐

MP3-28-35

Unit5 快樂的每一天

MP3-36-50

Unit6 形容詞

MP3-51-61

Unit7 動詞

MP3-62-76

Unit8 他動詞和自動詞

MP3-77-85

Unit 1
佈置一個家

집의 종류（房子的種類）

傳統的韓式房屋叫做한옥（韓屋）。韓屋是由瓦礫、木樑、泥土牆所構成的。現代韓國人的居住型態大體上可以分為兩種類型，一種是주택（住宅），另一種就是아파트（公寓）。公寓大致上分為家庭型和獨居型。

找房子吧！. www.oneroomline.com

거실(1)

track-1

1. 창문

커튼
방충망
블라인드
창문유리

2. 신발장

신발
슬리퍼
방향제
구두약

3. 소파

쿠션
방석
가죽
인용

4. 문

현관
우산꽂이
대문
문고리

5. 탁자

방석
장식품
접이식탁자
카펫

6. 스탠드

전구
촉광
백열전구
일광등

客廳（1）

1. 窗戶	2. 鞋櫃	3. 沙發	4. 門	5. 桌子	6. 立燈
窗簾	鞋子	靠墊	玄關	墊子	燈泡
紗窗	拖鞋	坐墊	傘架	裝飾品	～燭光
百葉窗	除臭劑	皮革製	大門	摺疊桌	白熱燈泡
窗戶玻璃	鞋油	～人座	門把	地毯	日光燈

한국의 가정집（韓國的家屋）

韓國家屋最大的特徵就是有**온돌**（暖炕）設備。韓國的冬天溫度在零度以下，非常寒冷。因此以瓦斯或石油作為原料的**보일러**（鍋爐）是每個家庭都具備的。不用說個人房了，連客廳地板都很溫暖，所以冬天在室內可以暖暖的度過喔！

看看韓屋吧！ www.hanokmaeul.org

거실(2)

1. 전화

자동응답기
무선전화
포스트잇
전화번호부

2. 에어컨

냉풍
온풍
온도계
선풍기

3. 바닥

장판
목제바닥
타일바닥
온돌

4. 텔레비전

리모컨
액정텔레비전
벽걸이텔레비전
텔레비전오락기

5. 벽

벽지
페인트
시계
포스터

6. 텔레비전탁자

비디오
DVD 플레이어
테이프
스피커

客廳(2)

1. 電話	2. 空調	3. 地板	4. 電視	5. 牆壁	6. 電視櫃
答錄機	冷氣	油紙地板	遙控器	壁紙	錄放影機
無線子機	暖氣	木質地板	液晶電視	油漆	DVD放影機
便條紙	溫度計	瓷磚地板	壁掛式電視	時鐘	錄影帶
電話簿	電風扇	暖氣地板	電視遊樂器	海報	音箱

벽장（壁櫥）

房間裡有衣櫥或壁櫥，裡面所能容納的東西非常多，不是只有**옷**（衣服）、**이불**（被子），連**다리미**（熨斗）都能一起放喔。另外，韓國的冬天很冷還很乾燥，但夏天很熱卻很潮濕，通常夏天衣櫃裡一定會放除濕劑。

節省空間收納法 www.sunabnara.com

침실(1)

1. 침대

싱글침대
더블침대
매트리스
소파침대

2. 거울

탁자용거울
전신거울
휴대용거울
삼면거울

3. 이불

커버
솜이불
침대시트
담요

4. 화장대

화장품
티슈
면봉
향수

5. 베개

베개커버
목침
건강베개
물베개

6. 서랍장

이동식옷장
원목옷장
수납박스
서랍

臥室(1)

1. 床	2. 鏡子	3. 被子	4. 化妝台	5. 枕頭	6. 五斗櫃
單人床	桌上型鏡子	蓋被	化妝品	枕頭套	活動式衣櫃
雙人床	全身鏡	棉被	面紙	木頭枕	桐木衣櫃
床墊	攜帶式鏡子	床單	棉花棒	健康記憶枕	收納箱
沙發床	三面全開鏡	毛毯	香水	水枕	抽屜

온돌방（暖房）

韓國的房屋皆為暖房，因此，一般來說韓國人不使用**침대**（床），而是在暖房將**이불**（被子）攤開睡覺。因為地板很熱，所以睡覺並不會覺得冷，使用完後，再將被子摺疊好收進**벽장**（壁櫥）裡。

自己鋪床囉！ www.mrsjini.com

침실(2)

1. 벽장

걸이대
삼각옷걸이
옷걸이
보관공간

2. 자명종

건전지
자명종버튼
시침
분침

3. 관상용식물

분재
흙
나뭇잎
나뭇가지

4. 잠옷

상의
하의
실내복
양장식잠옷

5. 충전식완구

인형
완구
각종완구
장식품

6. 다리미

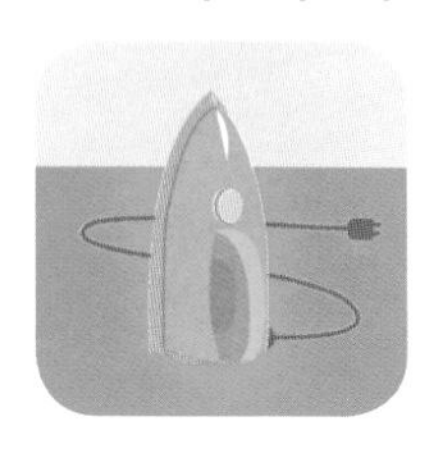

다리미대
분무
증기다리미
전선

臥室(2)

1. 壁櫥	2. 鬧鐘	3. 觀賞用植物	4. 睡衣	5. 填充玩具熨	6. 熨斗
鐵架	乾電池	盆栽	上身睡衣	洋娃娃	燙衣台
三角衣架	鬧鈴	土	下身睡衣	玩具	噴水
衣架	時針	樹葉	家居服	各種玩偶娃娃	蒸氣熨斗
儲藏空間	分針	樹枝	洋裝式睡衣	裝飾品	電線

김치냉장고（泡菜冰箱）

韓國幾乎所有的家庭都有兩台冰箱，一台是放一般食品的冰箱，另一台則是放泡菜的冰箱。因為韓國人每天吃泡菜的關係，所以通常一次就會做很多的泡菜，然後再將泡菜放在冰箱冷藏，如果冷藏的溫度不夠，泡菜很快就會變酸。

看泡菜冰箱去！ www.iceboxmall.com

주방(1)

1. 요리대

수도꼭지
정수기
수세미
세제

2. 가스레인지

가스통
천연가스
전기스토브
환풍기

3. 프라이팬

솥
냄비뚜껑
냄비
돌솥

4. 찬장

그릇
컵
숟가락
젓가락

5. 전자레인지

전자레인지용그릇
보온병
토스트기
전기밥솥

6. 냉장고

냉장실
냉동실
야채보관실
문옆보관대

廚房(1)

1. 流理台	2. 瓦斯爐	3. 平底鍋	4. 廚櫃	5. 微波爐	6. 冰箱
水龍頭	瓦斯桶	鐵鍋	餐具	微波碗	冷藏室
濾水器	天然瓦斯	鍋蓋	杯子	保溫瓶	冷凍室
菜瓜布	電磁爐	鍋子	湯匙	烤麵包機	蔬果保鮮室
洗潔劑	抽風機	石鍋	筷子	電鍋	門邊置物架

주방（廚房）

在外面吃東西或是買回家裡吃，比起這兩種，自己在家做料理更是件享受的事情。因為每次都要做很多道**반찬**（菜餚），很累人，所以你可以一次就做很多種類的菜，然後分批放進冰箱裡保存食用。

你喜歡哪一種料理方式？ www.jubangbank.co.kr

주방(2)

1. 식기세척기

식품조리기
믹서기
오븐
전기오븐

2. 조미료

건제품
통조림
저장고
절임식품

3. 도마

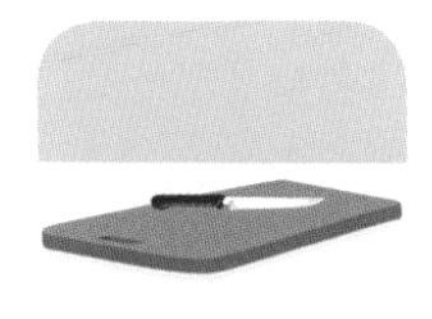

부엌칼
숫돌
식단
칼걸이

4. 껍질제거칼

커트기
깡통따개
계량수푼
계량컵

5. 저울

쿠키제조도구
거품기
모형
국자

6. 쓰레기통

쓰레기봉지
가연성쓰레기
불가연성쓰레기
음식물찌꺼기

廚房(2)

1. 洗碗烘碗機	2. 調味料	3. 砧板	4. 削皮刀	5. 秤	6. 垃圾桶
食物調理機	乾糧	菜刀	切片器	點心道具	垃圾袋
果汁機	罐頭	磨刀石	開罐器	打蛋器	可燃垃圾
烤箱	儲藏櫃	菜單	量匙	模型	不可燃垃圾
電烤箱	乾醃食品	刀架	量杯	杓子	廚餘

욕실（浴室）

一般來說，韓國的浴室幾乎都配有馬桶、洗臉台、浴缸等洗澡設備。比較不同的是，因為韓國冬天很冷，所以就連浴室也有提供暖氣。尤其，韓國人特別喜歡在馬桶坐墊上鋪一層保暖墊，這樣冬天上廁所時就不會冷吱吱了。

安心上廁所吧！ www.restroom.or.kr

욕실&화장실(1)

track-7

1. 세면대

핸드샴프
마개
수건걸이
비누통

2. 칫솔

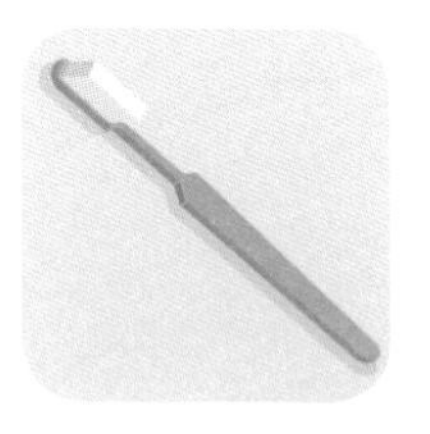

칫솔통
전동칫솔
치실
이쑤시개

3. 치약

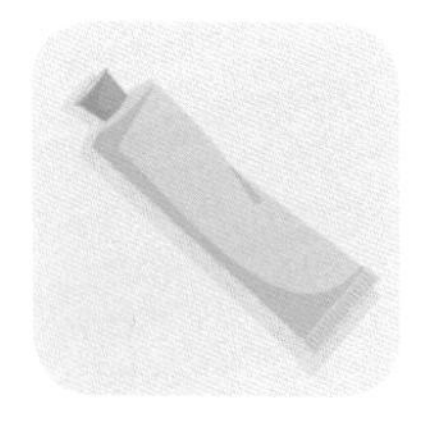

약용
치주염예방
충치예방
불소함유

4. 세면제

젤타입
거품형
건성피부
지성피부

5. 드라이기

소켓
분무기
빗
파마롤

6. 변기

얼룩
방향제
물통
휴지걸이

浴室&廁所(1)

1. 洗臉台	2. 牙刷	3. 牙膏	4. 洗面乳	5. 吹風機	6. 馬桶
洗手乳	牙刷架	藥用	凝膠型	插座	黃斑
塞子	電動牙刷	預防牙周病	泡沫型	造型噴霧	除臭芳香劑
毛巾掛桿	牙線	預防蛀牙	乾性皮膚	梳子	水箱
肥皂盤	牙籤	添加氟化物	油性皮膚	燙髮用髮捲	衛生紙架

목욕방법（沐浴方法）

韓國人傳統的沐浴方法是**때밀기**（搓角質）。首先，先在浴缸浸泡全身後，再用**수건**（去角質的毛巾）輕輕地搓揉身體以去除全身的角質。去完角質後，一定要擦身體乳液來保養皮膚。

去韓國玩住經濟型旅館！ http://innostel.visitseoul.net/cn2/

욕실&화장실(2)

1. 욕조

바가지
배수구
욕실설비
자동온수기

2. 세탁물바구니

탈수
체중계
발수건
욕실보관함

3. 샤워기

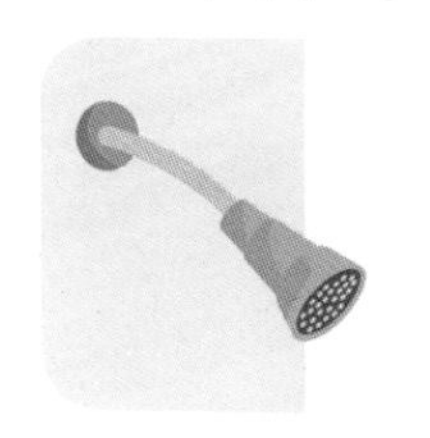

욕실커튼
목욕가운
온수
냉수

4. 비누

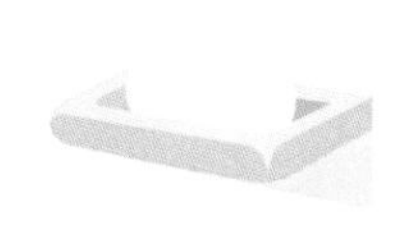

바디샴푸
수건
목욕수건
입욕제

5. 샴푸

탈모예방
가려움
비듬
곱슬머리

6. 린스

트리트먼트
손상모발
트리트먼트로션
목욕모자

浴室&廁所(2)

1. 浴缸
   舀水杓子
   排水口
   衛浴設備
   全自動熱水器
2. 洗衣籃
   脫衣服
   體重計
   浴室腳踏墊
   浴室置物櫃
3. 蓮蓬頭
   浴簾
   浴袍
   溫水
   冷水
4. 肥皂
   沐浴乳
   毛巾
   大毛巾
   泡澡劑
5. 洗髮精
   預防掉髮
   癢
   頭皮屑
   翹髮、自然捲
6. 潤絲精
   護髮乳
   受損髮質
   髮質修護霜
   浴帽

서재（書齋）

一般來說，韓國的父母親都會買**백과사전**（百科全書）、**위인전**（偉人傳）之類的書籍供孩子閱讀。家中如果有書籍的話，特別是對父親們來說，即便只是書籍或報紙也會成為一個良好的**휴식공간**（休息空間）。

參觀別人的書房！ www.edeun.net

1. 책장

백과사전
세계명작
전집
졸업앨범

2. 책상

스탠드
책받침
받침
지구모형

3. 달력

풍경
동물
우상
식물

4. 수첩

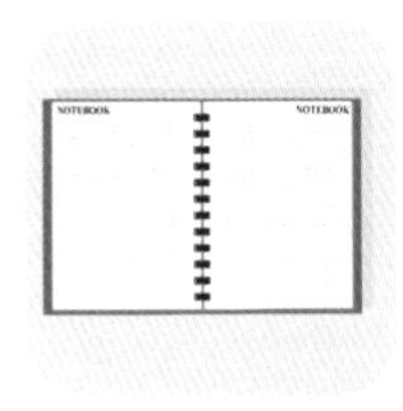

스티커
쪽지
메모
낙서

5. 파일

일기
교과서
참고서
강의프린트

6. 연필깎이

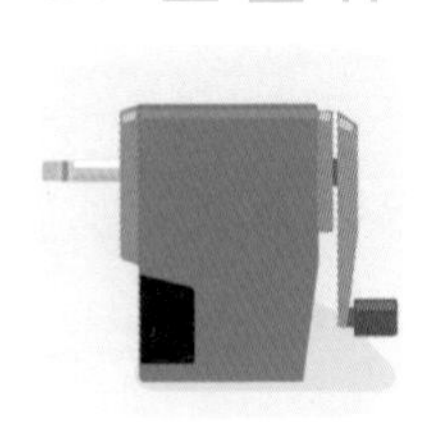

연필
필통
연필심
자동연필깎이

書房

1. 書架、書櫃	2. 書桌	3. 日曆	4. 筆記本	5. 書擋	6. 削鉛筆機
百科全書	桌上型檯燈	風景	自黏標籤	日記	鉛筆
世界名著	書鎮	動物	紙條	教科書	鉛筆盒
全系列、全套	墊板	偶像	留言	參考資料	筆芯
畢業紀念冊	地球儀	植物	塗鴉	講義	電動削鉛筆機

사무실（辦公室）

在辦公室工作的人稱為**화이트칼라**（上班族）。依其受雇性質的不同，稱呼也有差異，例如**정식직원**（正式職員）、**계약직직원**（約聘職員）、**아르바이트**（工讀生）等。現在也有越來越多的學生族群加入公司實習的行列。

找工作！ www.jobkorea.co.kr

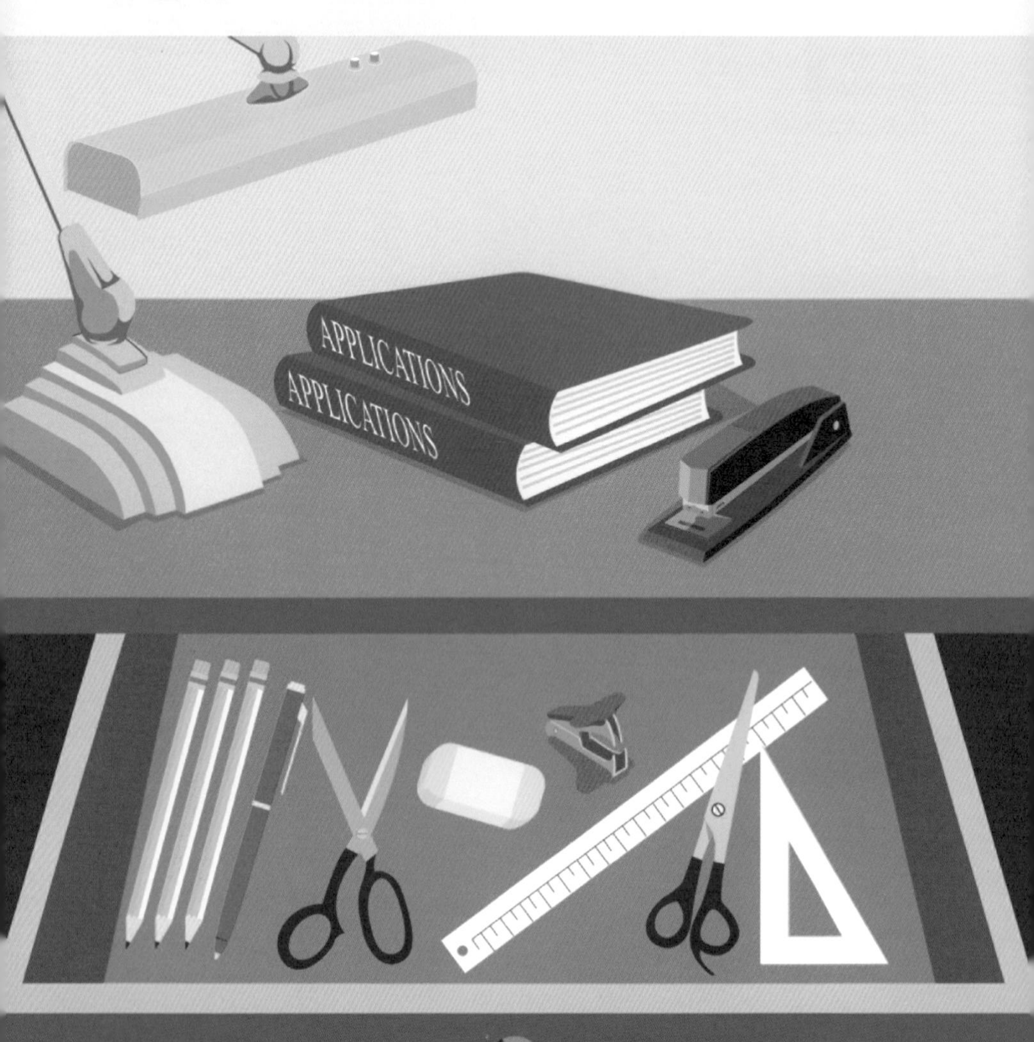

서랍 안

1. 색연필

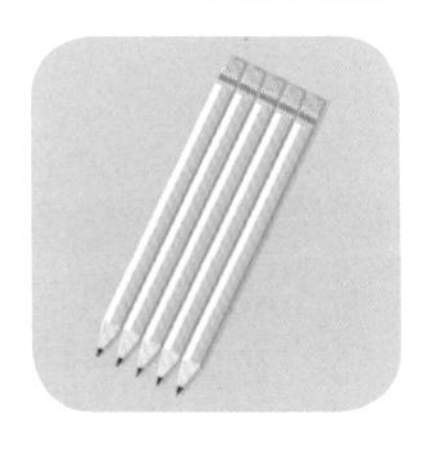

샤프
크레파스
물감
연필꽂이

2. 볼펜

수성
유성
만연필
형광팬

3. 지우개

수정팬
수정테이프
딱풀
풀

4. 가위

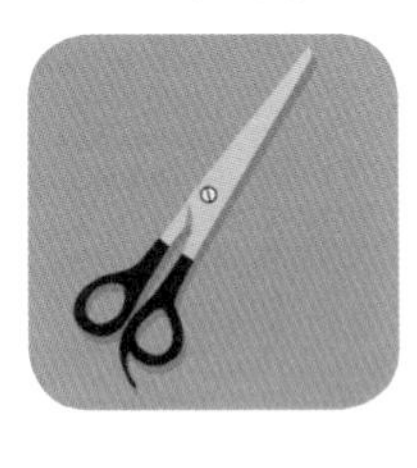

칼
카트칼
천공기
송곳

5. 호치키스

호치키스심
투명테이프
클립
압정

6. 자

삼각자
콤파스
줄자
길이

抽屜裡

1. 色鉛筆	2. 原子筆	3. 橡皮擦	4. 剪刀	5. 釘書機	6. 尺
自動鉛筆	水性	立可白	美工刀	釘書針	三角板
蠟筆	油性	立可帶	拆信刀	透明膠帶	圓規
顏料	鋼筆	口紅膠	打洞機	迴紋針	捲尺
筆筒	螢光筆	膠水	錐子	圖釘	長度

식사예절（餐桌禮節）

韓國人的餐桌禮節中，最重要的就是對長輩們的尊敬。家中最大的長輩先拿起餐具後，其他人才可以開始用餐。喝酒時，如果要和長輩們喝酒的話，要用兩手扶住酒杯，然後將頭別過去才能喝。

韓國人的餐桌！ www.koreahouse.or.kr

우리집의 부엌(1)

1. 식탁

식탁의자
식탁카펫
초대
식사

2. 커버

방수처리
비닐
앞치마
행주

3. 커피잔

컵받침
도자기
머그컵
보온병

4. 찻주전자

차도구
찻잔
찻잎
티백

5. 커피머신

거름종이
커피콩
커피분쇄기
커피믹스

6. 서양식 찻주전자

컵뚜껑
우유
설탕
거름망

我家的飯廳(1)

1. 餐桌	2. 桌布	3. 咖啡杯	4. 茶壺	5. 咖啡機	6. 西式茶壺
餐桌椅	防水處理	咖啡杯盤	茶具組	濾紙	杯蓋
餐廳地毯	塑膠布	陶瓷器	茶杯	咖啡豆	牛奶
招待	圍裙	馬克杯	茶葉	咖啡研磨機	糖
用餐	餐桌抹布	保溫瓶	茶包	三合一咖啡	紅茶濾網

초대（招待）

如果搬新家的話，就會招待親朋好友們到家裡來吃東西，這叫做**집들이**（喬遷之宴）。另外，在**생일**（生日）、**크리스마스**（聖誕節）、**망년회**（尾牙）的時候，會特別開派對慶祝。

準備家庭派對！ http://lifetip.icross.co.kr/dreamwiz

우리집의 부엌(2)

track-12

1. 접시

샐러드접시
스파게티접시
디저트접시
스프그릇

2. 냄비받침대

식탁받침대
컵받침대
젓가락받침대
쟁반

3. 물컵

물병
포도주컵
샴페인컵
소주컵

4. 그릇

밥그릇
국그릇
반찬그릇
내열그릇

5. 숫가락

포크
나이프
과일포크
커피스푼

6. 냅킨

휴지
손수건
랩
호일

我家的飯廳(2)

1. 盤子	2. 鍋墊	3. 水杯	4. 碗	5. 湯匙	6. 餐巾
沙拉盤	桌墊	水瓶	飯碗	叉子	衛生紙
義大利麵盤	杯墊	葡萄酒杯	湯碗	餐刀	擦手毛巾
甜點盤	筷架	香檳杯	小碟碗	水果叉子	保鮮膜
湯盤	托盤	燒酒杯	耐熱玻璃	咖啡匙	鋁箔紙

Unit 2
我的辦公室

인사（問候）

韓語的**안녕하세요**（你好），任何時候與地點皆可使用。由於韓語中有敬語，所以如果問候的對象是長輩，就可以用**안녕하십니까？**（您好嗎？）；如果問候的對象是晚輩或同輩的朋友，那麼就可以使用**안녕**（類似中文的嗨或哈囉）。

韓國文化有哪些？
http://tchinese.visitseoul.net/cb/article-view/seoul-hanbok.jhtml

회의실에서(1)

1. 화이트보드

매직
지우개
주제
요지

2. 재떨이

담배
연기
공기청정기
필터

3. 도표

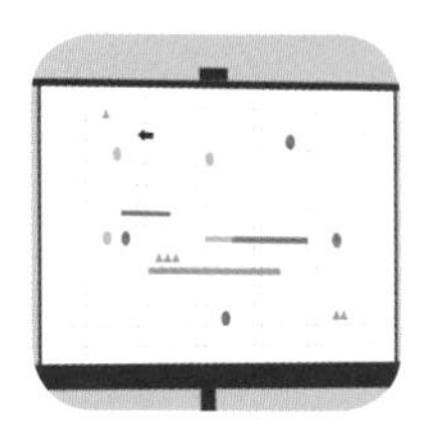

원형그래프
곡선그래프
막대그래프
그래프

4. 마이크

스위치
마이크대
무선마이크
잡음

5. 회의자료

회의
자료
실적
예산

6. 이사

사장
과장
계장
일반직원

在會議室裡(1)

1. 白板	2. 菸灰缸	3. 圖表	4. 麥克風	5. 會議資料	6. 董事
白板筆	香菸	圓形圖	開關	會議	社長
板擦	煙霧	折線圖	麥克風架	資料	課長
議題	空氣清淨機	條狀圖	無線麥克風	業績	股長
要旨	濾網	曲線圖	雜音	預算	一般課員

비지니스상의 예절（商務禮節）

一整天在辦公室工作，對整天和自己相處的同事們可以對他說聲**수고했어요**（辛苦了）。下班要各自回家的時候，可以對同事們說聲**조심히 가세요**（路上小心）。問候的時候，可以微微地向對方低身點頭。

韓語的敬語！ http://kosy.wo.tc/hak-ja/top-im.htm

회의실에서(2)

1. 투영기

브리핑
토론
면담
대표회의

2. 회의의자

의자
천
회전식
회의테이블

3. 스크린

투사
와이드스크린
접이식스크린
파워포인트

4. 노트북

배터리
마우스
마우스패드
전원

5. 인터넷카메라

화소
USB플러그
화면
화상전화

6. 노트

출장
방문
조퇴
휴가

在會議室裡(2)

1. 投影機	2. 會議椅	3. 屏幕	4. 筆記型電腦	5. 網路攝影機	6. 記事本
簡報	椅子	投射	電池	畫素	出差
討論	布面	寬螢幕	滑鼠	USB接頭	拜訪
面談	旋轉式	捲軸式螢幕	滑鼠墊	畫面	早退
代表會議	會議桌	PowerPoint	電源開關	視訊電話	休假

커피 한잔 합시다（來杯咖啡吧）

在慵懶的辦公室午後，韓國人通常都會以一杯咖啡來提振精神。在韓國，大部分的公共場所都會有**커피자판기**（咖啡販賣機），能夠以低廉的價格享受咖啡。通常有**아메리카노**（美式咖啡）、**카푸치노**（卡布奇諾）等多種類可選擇。

咖啡販賣機有什麼不一樣！ www.vencafe.co.kr

즐겁게 일하자! (1)

1. 스케줄판

날짜
일정
본월일정
예정사항

2. 데스크탑컴퓨터

컴퓨터
소프트웨어
키보드
모니터

3. 프린터기

컬러프린터기
레이저프린터기
디지털프린터기
잉크프린터기

4. 복사기

양면복사
컬러복사
복사용지
소모품

5. 전자계산기

12자리수
태양열전지
계산
주판

6. 분쇄기

키펀치
스캐너
코팅기
코팅

開心工作吧！(1)

1. 行程預定板	2. 桌上型電腦	3. 印表機	4. 影印機	5. 電子計算機	6. 碎紙機
日期	電腦	彩色印表機	雙面影印	12位數	打卡機
行程	軟體	雷射印表機	全彩影印	太陽能電池	掃描機
本月行程	鍵盤	數位印表機	影印紙	計算	護貝機
預定事項	顯示器	噴墨印表機	消耗品	算盤	護貝

월급날（發薪日）

近來由於薪資皆採用匯入個人帳戶內的方式，所以使用薪資袋的情形相對來說變得較少。不管哪種給薪方式，對所有**회사원**（員工）來說，發薪日都是最為期待的日子。領到的薪水是已經扣除了**세금**（稅金）和**보험료**（保險費用）的金額喔。

韓國的薪資！ www.incruit.com

즐겁게 일하자! (2)

1. 개인책상

직원
명함
자리
자리표

2. 사무용전화

내선
외선
보류
재발신

3. 집게

고무줄
골무
문서
백지

4. 도장

패드
도장밥
스탬프
스탬프잉크

5. 월급봉투

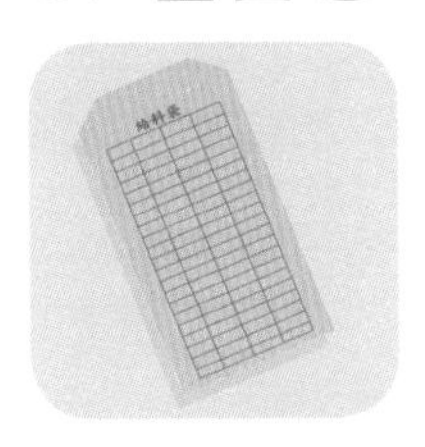

월급
보너스
야근비
출장비

6. 파일

보관
보고서
서류
보고

開心工作吧！(2)

1. 個人辦公桌	2. 商務型電話	3. 蝴蝶夾	4. 印章	5. 薪水袋	6. 檔案夾
職員	內線	橡皮筋	印台	薪水	保管
名片	外線	指套	紅色印泥	獎金	報告書
座位	保留	文件	圖章	加班費	機密
座位表	重撥	空白紙	打印墨水	出差補助	報告

Unit 3
逛街購物去

편의점（便利商店）

雖然韓國的7-11不像台灣那麼多，卻有著許多不同名稱的便利商店。基本上，便利商店的整體擺設和販賣物品都與台灣相似，在寒冷的冬天，到便利商店買一碗熱呼呼的**컵라면**（杯麵）和**미니김치**（迷你泡菜）來吃的話，全身也會跟著溫暖起來。

各家便利商店的產品！ www.ministop.co.kr

편의점의 간식

1. 푸딩

디저트
요구르트
슈크림
젤리

2. 초콜릿

군것질
간식
포테이토칩
과자

3. 소보루빵

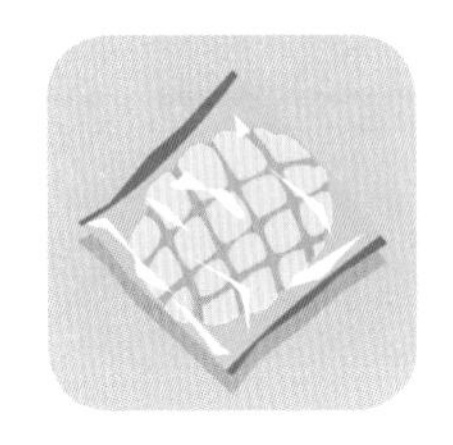

땅콩빵
잼빵
팥빵
도너츠

4. 샌드위치

종합샌드위치
야채샐러드샌드위치
햄샐러드샌드위치
참치샐러드샌드위치

5. 삼각김밥

연어
참치
베이컨
김

6. 찜빵

뜨거운 음식
오뎅
치킨
핫도그

便利商店的零食

1. 布丁	2. 巧克力	3. 菠蘿麵包	4. 三明治	5. 御飯糰	6. 肉包
甜點	零食	花生麵包	總匯三明治	鮭魚	熱食
優酪乳	小點心	果醬麵包	生菜沙拉三明治	鮪魚	關東煮
泡芙	洋芋片	紅豆麵包	火腿蛋沙拉三明治	燻肉	炸雞
果凍	餅乾	甜甜圈	鮪魚沙拉三明治	海帶	熱狗

건강식품（健康食品）

對現代人來說，受歡迎的健康食品可是非常多樣化，在便利商店可以買到的食品有**저지방**（低脂肪）乳製品、**비타민**（維他命）類、**석류**（石榴）、**인삼**（人蔘）、**홍삼**（紅蔘）飲料等等。

人蔘的好處！ www.ginsengsociety.org

편의점의 음료

1. 차

녹차
보리차
우롱차
종합차

2. 주스

과일주스
100%원액
오렌지주스
사과주스

3. 생수

찬 물
뜨거운 물
광천수
천연지하수

4. 콜라

사이다
소다
레모네이드
비타민음료

5. 커피

무알콜음료
밀크티
홍차
유산균음료

6. 맥주

알콜음료
캔맥주
병맥주
포도주

便利商店的飲料

1. 茶	2. 果汁	3. 礦泉水	4. 可樂	5. 咖啡	6. 啤酒
綠茶	果菜汁	冰水	汽水	無酒精飲料	含酒精飲料
麥茶	100%原汁	熱水	蘇打	奶茶	罐裝啤酒
烏龍茶	柳橙汁	礦泉水	檸檬汽水	紅茶	瓶裝啤酒
綜合茶	蘋果汁	天然地下水	維他命飲料	乳酸菌飲料	葡萄酒

밥상（飯桌）

韓國人的主食可以說是**밥**（飯）和**김치**（泡菜）的天下，甚至連早餐也是吃白飯配泡菜的。飯桌上幾乎都是白飯搭配泡菜、**반찬**（小菜／菜餚）、**국**（湯）和**찌개**（燉菜）的基本組合模式，就連喝湯也是一絕，想像一下一口飯一口湯的吃飯方式吧！

今天的菜單！ www.menupan.com/cook

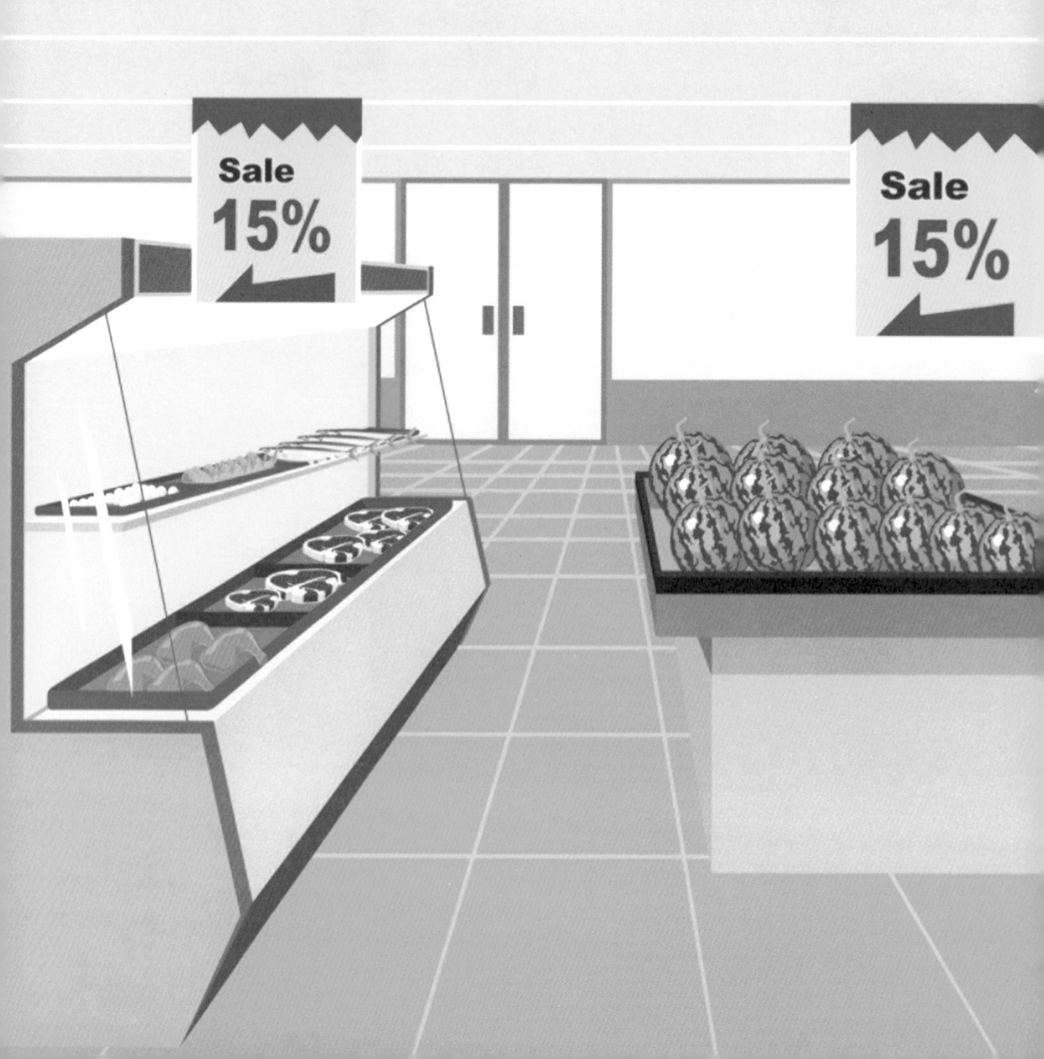

오늘 저녁에 뭘 먹을까?

1. 고기

스테이크
소고기
양고기
육회

2. 닭고기

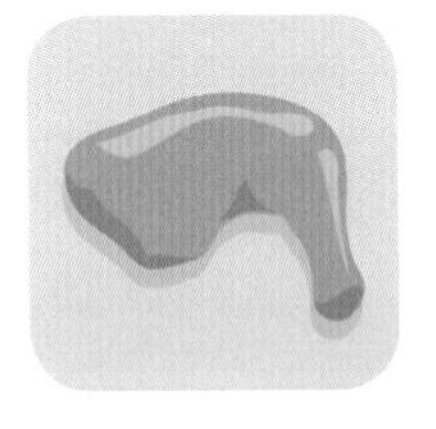

닭다리
닭날개
닭발
닭가슴살

3. 생선

도미
오징어
갈치
고등어

4. 완자

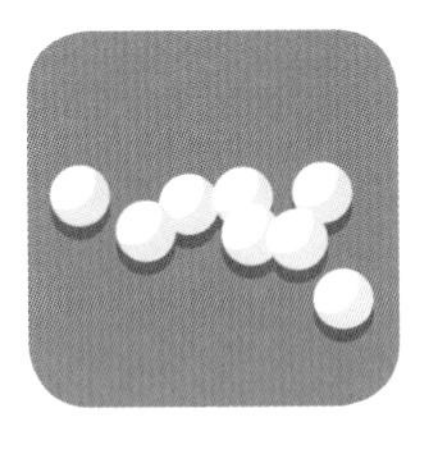

찌개
탕
샤브샤브
미역국

5. 새우튀김

푸드코너
튀김
고기완자
맛탕

6. 수박

과일
딸기
감
귤

今天晚上吃什麼？

1. 肉	2. 雞肉	3. 魚	4. 丸子	5. 炸蝦	6. 西瓜
牛排	雞腿	鯛魚	燉菜	熟食區	水果
牛肉	雞翅	墨魚	湯	炸的食物	草莓
小羊肉	雞腳	白帶魚	涮涮鍋	肉丸	柿子
生牛肉	雞胸肉	青花魚	海帶湯	拔絲地瓜	橘子

야채즙（蔬菜汁）

由於現代人工作忙碌，所以**외식**（外食）的情況增加，相對地，對**채소**（蔬菜）和**과일**（水果）攝取量也減少。所以韓國人會適時以新鮮的**채소즙**（蔬菜汁）、**과일주스**（果汁）或**영양보충제**（營養補充劑）來補充攝取不足的養分。

健康的生活！ http://www.hidoc.co.kr

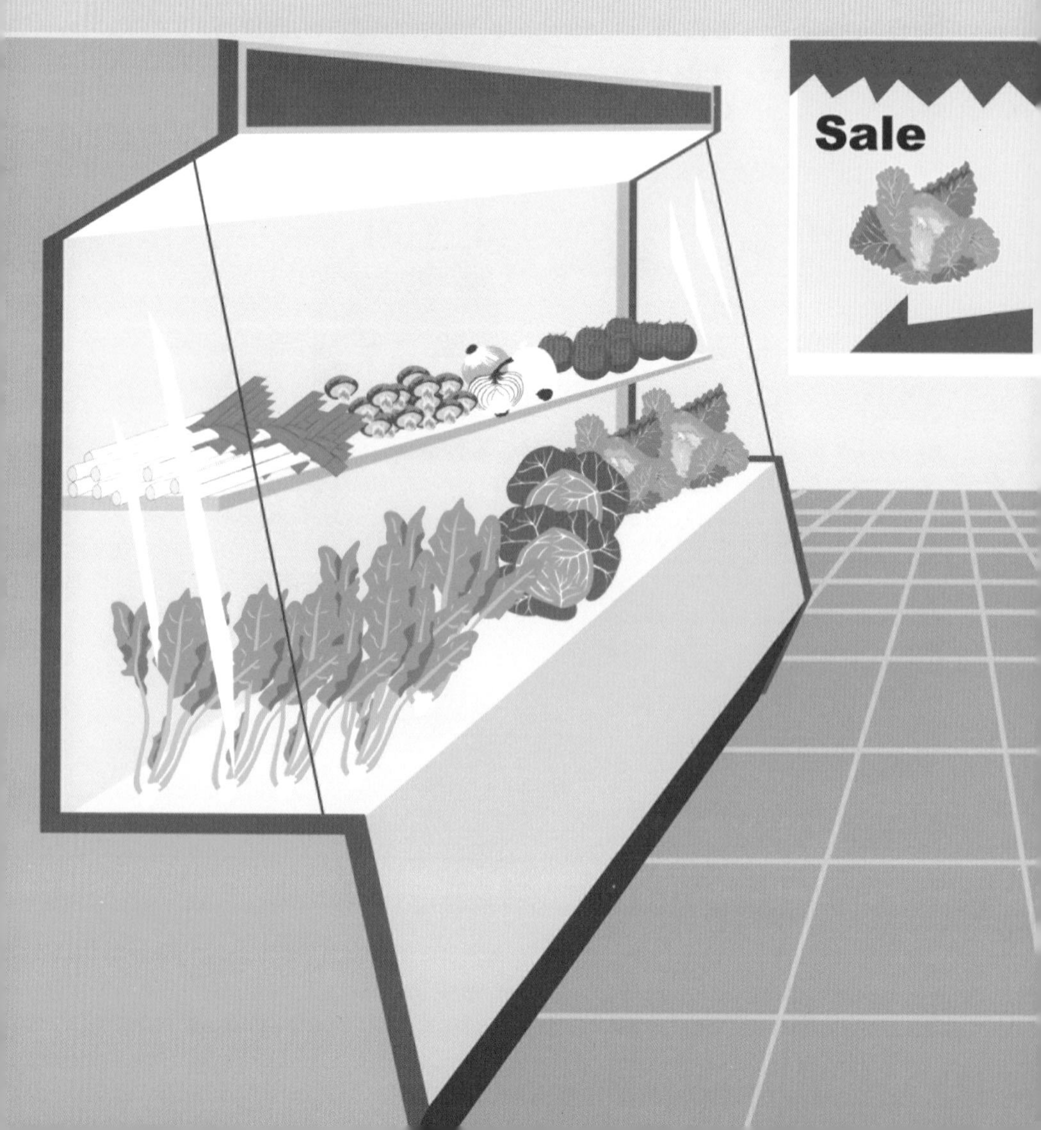

야채가 제일 좋아요

1. 시금치

채소류
청경채
부추
콩나물

2. 양배추

양상추
배추
브로콜리
아스파라거스

3. 양파

무
당근
호박
고구마

4. 토마토

오이
옥수수
가지
죽순

5. 파

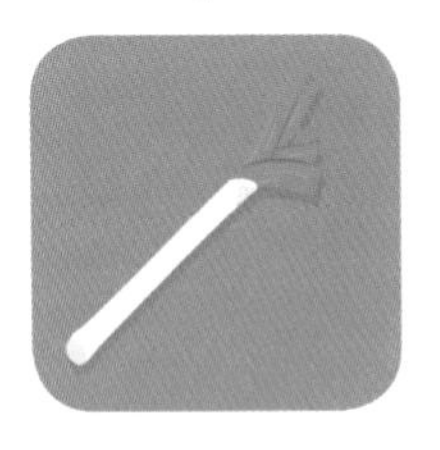

고추
쪽파
마늘
생강

6. 표고버섯

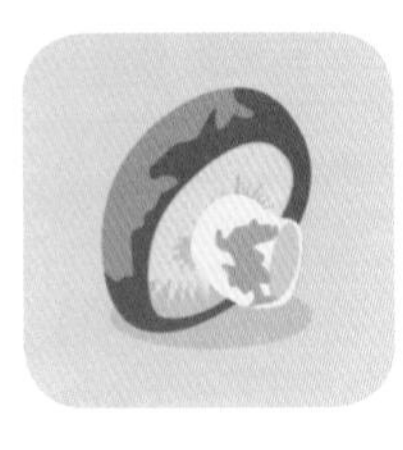

버섯류
버섯
팽이버섯
송이버섯

最喜歡青菜

1. 菠菜	2. 高麗菜	3. 洋蔥	4. 番茄	5. 大蔥	6. 香菇
葉菜類	萵苣	蘿蔔	小黃瓜	辣椒	菇類
青江菜	白菜	紅蘿蔔	玉米	小蔥	蘑菇
韭菜	綠色花椰菜	南瓜	茄子	蒜頭	金針菇
豆芽菜	蘆筍	馬鈴薯	竹筍	薑	松菇

엄마의 맛（媽媽的味道）

韓國媽媽們在做料理時，常用來調味而不會遺漏的材料就是**고추**（辣椒）、**고춧가루**（辣椒粉）、**고추장**（辣椒醬）等能夠調出辣味的材料。而且也會加在**찌개**（燉鍋）、**볶음**（炒的食物）或**국**（湯）裡頭，使料理都能散發出辛辣的味道。

韓式料理！ http://kr.blog.yahoo.com/musoi99

무엇으로 맛을 낼까?

track-21

1. 간장

국간장
젓갈
저염
다시다

2. 된장

두반장
고추장
콩
피클

3. 케첩

마요네즈
레몬즙
와사비
머스터드

4. 후추

고춧가루
설탕
소금
치즈가루

5. 요리술

청주
참깨기름
샐러드유
식용유

6. 식초

레몬식초
과일식초
사과식초
매실식초

用哪個來調味呢？

1. 醬油	2. 味噌	3. 番茄醬	4. 胡椒	5. 料理酒	6. 醋
湯用醬油	豆瓣醬	美乃滋	辣椒粉	清酒	檸檬醋
魚露	韓國辣椒醬	檸檬汁	砂糖	胡麻油	水果醋
低鹽	豆子	芥末	鹽巴	沙拉油	蘋果醋
調味包	酸黃瓜	黃芥末	起司粉	食用油	梅子醋

한복（韓服）

韓國的傳統服裝是韓服，透過「大長今」等古裝連續劇的呈現，我們可以清楚地看到韓服的模樣。特別是女性的韓服，裙子又大又寬，而且腰線又高，所以可以遮掉圓潤的身材。韓服是在結婚典禮或節慶時所穿著的正式服飾。

教你穿韓服！ http://www.hanbok.pe.kr

어떤 스타일을 좋아해요?

1. 브래지어

컵
인치
속옷
팬티

2. 치마

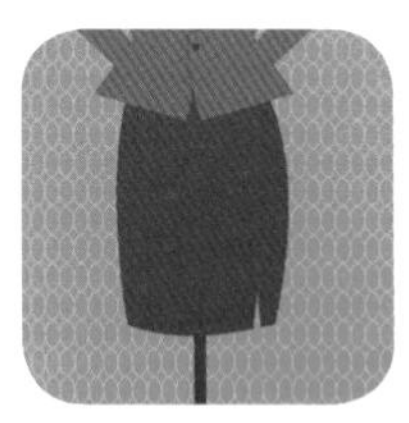

미니스커트
롱스커트
A라인스커트
스커트

3. 외투

실크외투
실크셔츠
민소매
실크옷

4. 티셔츠

면티셔츠
스판티셔츠
긴 소매
짧은 소매

5. 한복

저고리
동정
옷고름
버선

6. 재킷

잠바
가죽재킷
청
모피

你喜歡哪種風格？

1.胸罩	2.裙子	3.外套	4.T恤	5.韓服	6.夾克
罩杯	迷你裙	針織外套	純棉T恤	上衣	外套
英吋	長裙	針織衫	彈性T恤	韓服的領子	皮衣
內衣	A字裙	無袖	長袖	韓服的衣帶	牛仔布
內褲	西服裙	針織衣服	短袖	布襪	毛皮

회사원의 복장（公司員工的服裝）

韓國的公司員工們，一般在上班時，男性和女性都是穿著**정장**（正式的服裝）。特別是男性，因為幾乎每天都穿著**와이셔츠**（白襯衫）的關係，所以如果去**백화점**（百貨公司）或**옷가게**（服飾店）的話，都可以購買到多種**색**（顏色）的襯衫。

這樣穿很好看呢！ http://cafe.daum.net/unclepanda

남자답게 입자!

1. 양복

연회복
조끼
단추
주머니

2. 와이셔츠

넥타이
넥타이매듭
옷깃
소매

3. 바지

바지통
멜빵
반바지
사각팬티

4. 청바지

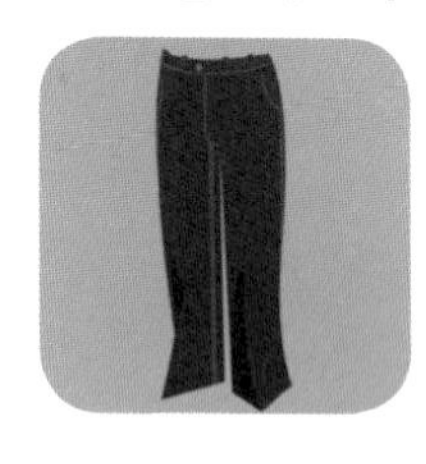

나팔
일자
스키니
탄성

5. 양말

가죽신발
운동화
장화
샌들

6. 허리띠

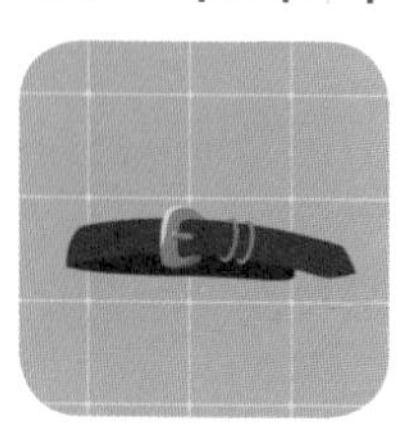

안경
돋보기
지갑
손목시계

穿出男人味！

1. 西裝	2. 白襯衫	3. 褲子	4. 牛仔褲	5. 襪子	6. 腰帶
燕尾服	領帶	褲管	小喇叭	皮鞋	眼鏡
背心	領結	吊帶	直筒	球鞋	老花眼鏡
鈕扣	衣領	短褲	緊身	靴子	皮夾
口袋	袖口	四角內褲	彈性	休閒涼鞋	手錶

어린이날（兒童節）

韓國的兒童節是5月5日，屬於國定假日。在這天，父母們會買衣服或**장난감**（玩具）給小孩們作為**선물**（禮物），而且還會帶小朋友去**놀이공원**（遊樂園）玩，留給孩子一個值得回憶的兒童節紀念。

小朋友玩電腦！ http://kr.kids.yahoo.com

귀여운 아이들！

track-24

1. 목티

후드
내부
털옷
폴로셔츠

2. 멜빵바지

멜빵치마
치마바지
쫄바지
스타킹

3. 야구잠바

후드티
운동복
바람막이
코트

4. 거들

속옷바지
운동속옷
레이스
면

5. 운동화

학생화
어린이신발
반스타킹
토시

6. 모자

털모자
캡모자
차양모
밀짚모자

可愛的小朋友！

1. 套頭毛衣	2. 吊帶褲	3. 棒球外套	4. 連身內衣	5. 運動鞋	6. 帽子
連帽的	吊帶裙	連帽T恤	內衣褲	學生鞋	毛帽
內裡	褲裙	運動服	運動內衣	娃娃鞋	鴨舌帽
毛衣	緊身褲	風衣	蕾絲	長筒襪	遮陽帽
Polo衫	褲襪	大衣	純棉	泡泡襪	草編帽

푸드코너（地下美食街）

在**백화점**（百貨公司）的地下樓層或**대형마트**（大型賣場）的美食街，常散發出撲鼻的香味而吸引許多**손님**（客人）消費。從能夠簡單吃到的**스낵**（快餐）到眾多料理，皆有各自的美味。

韓國的超市有什麼？ www.emart.co.kr

백화점 지하의 맛있는 음식

1. 간식

떡볶이
튀김
순대
오뎅

2. 도시락

현미
반찬
호화도시락
김밥

3. 닭꼬치

한과
떡
찹쌀떡
인절미

4. 케익

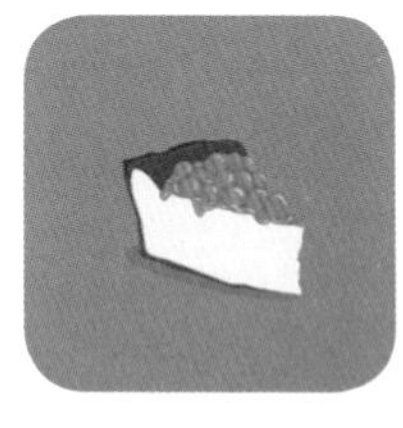

디저트
쿠키
파르페
와플

5. 빵집

토스트
크루아상
바게트
크림빵

6. 양주

위스키
브랜디
와인
병따개

百貨地下街的美食

1. 小吃	2. 便當	3. 雞肉串	4. 蛋糕	5. 麵包店	6. 洋酒
辣炒年糕	糙米	韓式點心	西式點心	吐司	威士忌
炸的食物	小菜	年糕	手工餅乾	可頌	白蘭地
豬血香腸	豪華便當	麻糬	水果塔	法國麵包	紅酒
甜不辣	海苔壽司	糯米糕	鬆餅	奶油麵包	開瓶器

최신기종（最新機種）

在韓國的**용산전자상가**（龍山電子商街）或G**마켓**(G MARKET)網路購物等，可以用低廉的價格買到最新機種的**전자제품**（電子產品）。特別是網路購物，可以很容易地**가격비교**（比較價格），所以在購買電子產品時，最好貨比三家才不吃虧喔。

比價囉！ www.danawa.com

전자제품

1. PDA

펜입력
펜
모니터
PDA케이스

2. 전자사전

발음
내용
미니
충전

3. MP3

음질
음량
녹음
FM라디오

4. 디지털카메라

줌인
플레시
렌즈
삼각대

5. 핸드폰

PHS
내장카메라
벨소리
진동

6. 팩스

팩스용지
전송
버튼
취소

電器產品

1. PDA	2. 電子字典	3. MP3	4. 數位相機	5. 行動電話	6. 傳真機
手寫輸入	發音	音質	伸縮鏡頭	PHS	感熱紙捲
觸控筆	內容	音量	閃光燈	內建照相機	傳真
螢幕	極小型	錄音	鏡頭	來電鈴聲	按鍵
PDA套子	充電	FM廣播	三角架	震動	取消

가전제품（家電產品）

在韓國最受歡迎的家電產品，就是韓國國產的**삼성**（三星）和LG（LG）。因為他們的**에프터서비스**（售後服務）完善，且藉由它的形象**광고**（廣告），很容易吸引大眾的注意。另外，**김치냉장고**（泡菜冰箱）和**가습기**（加濕機）是熱銷產品，泡菜冰箱可以冷藏大量的泡菜；而加濕機是因為韓國冬天乾燥和使用暖爐的關係，必須依賴加濕機解決空氣過乾的問題。

去哪裡買3C產品？
http://big5chinese.visitkorea.or.kr/cht/SH/whatToBuy/whatToBuy.jsp?action=item&cid=1005693

가전제품

1. 세탁기

탈수
세탁
손빨래
빨랫대

2. 진공청소기

먼지
먼지필터
흡입력
청소

3. 체중계

체지방
혈압
심박수
체온

4. 히터

전기히터
석유히터
온풍기
전기장판

5. 촬영기

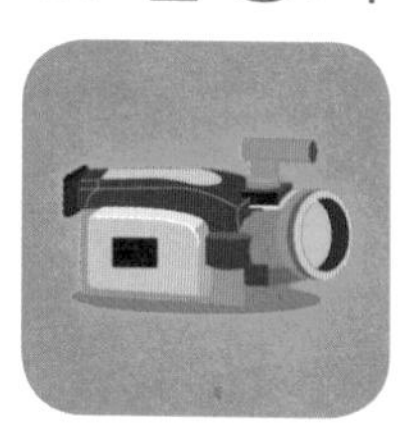

해상도
연속촬영
초점
메모리

6. DVD플레이어

카피
플레이
되감기
정지

家電產品

1. 洗衣機
   脫水
   洗衣
   手洗
   曬衣夾
2. 吸塵器
   灰塵
   吸塵器內袋
   吸力
   清掃
3. 體重計
   體脂肪
   血壓
   心跳數
   體溫
4. 加熱器
   電暖爐
   石油暖爐
   熱風扇
   電熱毯
5. 攝影機
   解析度
   連拍
   焦距
   記憶卡
6. DVD錄放影機
   拷貝
   播放
   倒帶
   停止

영업중

Unit 4 外出用餐

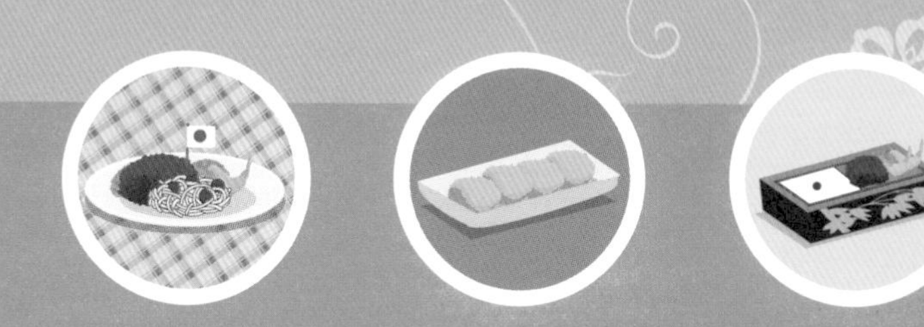

모형（模型）

餐廳的櫥窗裡都會擺放各式各樣的**음식모형**（食物模型），看到這些模型，我們很容易就可以挑選自己喜歡的**식당**（餐館）。韓國大部分餐館都不收**팁**（服務費／小費），所以不需要再另外準備。

天啊！這些都是假的嗎？ www.foodsame.com

어서오세요！

track-28

1. 전시장

가게이름
음식모형
실사이즈
포장

2. 영업중

휴식중
공휴일
휴무
연중무휴

3. 금전등록기

계산
계산기
영수증
명세표

4. 여종업원

종업원
아르바이트
외부
내부

5. 성냥

카운터
쿠폰
껌
사탕

6. 신용카드

현금
잔돈
팁
더치페이

歡迎光臨！

1. 展示櫥窗	2. 營業中	3. 收銀機	4. 女服務生	5. 火柴	6. 信用卡
店名	休息中	結帳	服務生	收銀台	現金
食物模型	公休	計算機	打工	折價券	找的錢
原寸	停業	收據	外場	口香糖	小費
外帶	全年無休	明細	內場	糖果	各自付費

외식（外食）

晚餐時間到餐廳用餐肯定會大排長龍，先打電話**예약**（預約）的話，就可以不用等囉！外食唯一的好處就是選擇性非常多，例如：**페밀리레스토랑**（家庭餐廳）、**고기집**（烤肉店）、**한식집**（韓國餐廳）等，都是人潮洶湧的地方。

今晚，你想吃什麼？
http://www.seoul.go.kr/culture/2006_culture/korea_cook/1251327_15278.html

주문할 때……

1. 메뉴

에피타이저
메인요리
사이드메뉴
음료

2. 어린이세트

요리
오늘의 요리
추천요리
세트

3. 계산서

인원수
테이블번호
주문내용
단가

4. 냉수

얼음
레몬
빨대
유리컵

5. 벨

주문
추가주문
교환
항의하다

6. 일회용젓가락

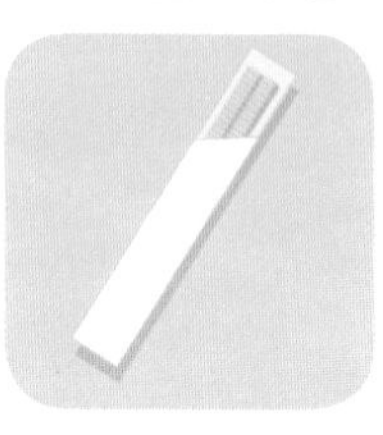

휴지
개인접시
화병
설문지

餐廳點餐時…

1.菜單	2.兒童餐	3.帳單	4.冷水	5.呼叫鈴	6.衛生筷
前菜	料理	人數	冰塊	點菜	衛生紙
主菜	今日特餐	桌號	檸檬片	加點	分食用的小盤子
副菜	推薦菜	點菜內容	吸管	替換（餐具等）	花瓶
飲料	套餐	單價	玻璃杯	抱怨	問卷

술（酒）

韓國人以好酒聞名。家人或朋友聚會時，總免不了吆喝去喝酒。韓國的**전통술집**（傳統酒店）是韓國人喜愛的場所。**빈대떡**（綠豆煎餅）、**해물파전**（海鮮蔥煎餅）、**동동주**（韓國小米酒）是傳統酒店的基本菜色唷。

韓國的酒 www.kalia.or.kr

술 한잔 합시다!

1. 생맥주

호프
흑맥주
판촉행사
안주

2. 소주

막걸리
동동주
폭탄주
회

3. 전통주

전통주점
포장마차
빈대떡
두부김치

4. 와인

와인바
서양요리
레드와인
화이트와인

5. 칵테일

술집
애주가
칵테일잔
바텐더

6. 샴페인

파티
회식
연회
숙취

喝杯酒吧！

1. 生啤酒	2. 燒酒	3. 傳統酒	4. 紅酒	5. 雞尾酒	6. 香檳
啤酒屋	韓國米酒	傳統酒店	酒吧餐廳	酒吧	派對
黑生啤酒	韓國小米酒	路邊攤	西洋料理	好酒的人	公司聚餐
促銷活動	炸彈酒	綠豆煎餅	紅葡萄酒	調酒杯	宴會
下酒點心	生魚片	泡菜豆腐	白葡萄酒	酒保	宿醉

일본요리（日本料理）

三面環海的韓國，可以享受美味的**회**（生魚片），也可以吃到**광어회**（比目魚肉片）和**오징어회**（魷魚）等新鮮的海鮮。吃生魚片的時候，和**소주**（燒酒）一起搭配非常對味！韓國人吃**낙지**（章魚）有特別的吃法，就是先把章魚的長腳切斷（章魚還會蠕動），然後直接沾麻油醬放進嘴裡生吃，所以這種美食也叫做**산낙지**（活的小章魚）。

動手做韓國料理！
http://big5chinese.visitkorea.or.kr/cht/FO/FO_CH_6_4_6_1.jsp

일식

track-31

1. 밥

쌀
찹쌀
초밥
주먹밥

2. 미소된장국

두부
맑은 탕
미소
육수

3. 두부무침

절인 반찬
무친 반찬
대친 채소
냉채

4. 감자찜

돼지고기
감자
찜
조림

5. 새우튀김덮밥

돈까스
계란찜
해산물
덮밥

6. 메밀국수

국수
양념장
밀가루
우동

日本料理

1. 飯	2. 味噌湯	3. 涼拌豆腐	4. 馬鈴薯燉肉	5. 炸蝦蓋飯	6. 冷蕎麥麵
米	豆腐	醋醃小菜	豬肉	豬排	麵條
糯米	清湯	涼拌小菜	土豆	蒸蛋	調味醬
壽司醋飯	日式味噌	高湯燙青菜	燉食	海鮮	麵粉
飯糰	清澈的高湯	冷菜	燉煮	蓋飯	烏龍麵

중화요리（中華料理）

在韓國販售中華料理的店家稱為**중국집**（中國餐館）。韓國的中國餐館很特別，有提供外送的服務，想吃的話，只要打通電話，**자장면**（炸醬麵）、**짬뽕**（炒馬麵）很快就會送到您府上喔！

韓國的中華料理！
http://kr.blog.yahoo.com/igundown/folder/7.html

중화요리

1. 볶음밥

햄
계란
훈제고기
야채

2. 면

우육면
일식라면
해물면
완자면

3. 만두

군만두
물만두
찐만두
간장소스

4. 새우볶음

탕수육
자장면
짬뽕
마파두부

5. 만두국

닭고기국물
계란국
삭스핀탕
국

6. 딤섬

홍콩식
중식
일식
한식

中華料理

1.炒飯	2.麵	3.餃子	4.乾炒蝦仁	5.餛飩湯	6.燒賣
火腿	牛肉麵	煎餃	糖醋肉	雞湯	港式
蛋	日式拉麵	水餃	炸醬麵	蛋花湯	中式
叉燒肉	海鮮麵	蒸餃	炒馬麵	魚翅湯	日式
青菜	貢丸麵	沾醬	麻婆豆腐	湯水	韓式

햄버거（漢堡）

對忙碌的現代人來說，漢堡是能在緊湊時間內享受到的平價速食，尤其24**시간**（24小時）的營業時間，對夜貓族來說更是便利。如果**세트메뉴**（套餐菜單）裡沒有你喜歡的選擇，也可以考慮從**단품**（單品）或**디저트**（甜點）中，挑選自己滿意的餐點。

這家速食店眼熟吧！ www.mcdonalds.co.kr

패스트푸드

1. 햄버거

더블버거
피쉬버거
치킨버거
라이스버거

2. 포테이토

껍질이 있는
짠 맛
매운 맛
방금 튀긴

3. 핫소스

머스터드
케첩
불고기소스
버터

4. 아이스크림

애플파이
아이스크림콘
고구마파이
치킨너겟

5. 아이스커피

원두
시럽
프림
카푸치노

6. 맥도널드

KFC
모스햄버거
버거킹
롯데리아

速食料理

1. 漢堡	2. 薯條	3. 辣椒醬	4. 霜淇淋	5. 冰咖啡	6. 麥當勞
雙層漢堡	帶皮的	蜂蜜芥末醬	蘋果派	咖啡豆	肯德基
魚肉漢堡	鹽味	番茄醬	冰淇淋	糖漿	摩斯漢堡
雞肉漢堡	辣味	烤肉醬	地瓜派	奶精	漢堡王
米漢堡	剛炸好的	奶油	炸雞塊	卡布奇諾	儂特利

한국요리（韓國料理）

就來說說韓國料理的**불고기**（烤肉）吧！烤肉可以分為**양념 불고기**（調味烤肉）和**소금구이**（鹽味燒肉），吃法都差不多。將烤肉和**구운마늘**（烤大蒜）、**쌈장**（烤肉醬）等一起放進**상추**（萵苣）內包起來，像包飯糰一樣，再放進嘴裡大口咬下。

認識韓國泡菜！
big5chinese.visitkorea.or.kr/cht/FO/FO_CH_6_1_5.jsp

한국전통요리

1. 돌솥비빔밥

육개장
설렁탕
비빔밥
냉면

2. 찌개

순두부찌개
김치찌개
된장찌개
삼계탕

3. 삼겹살

불고기
등심
닭갈비
소금구이

4. 곱창

상추
쌈
쌈장
구운 마늘

5. 전

해물전
김치전
파전
야채전

6. 김치

깍두기
오이김치
배추김치
발효식품

韓國傳統料理

1. 石鍋拌飯	2. 火鍋	3. 五花肉	4. 牛小腸	5. 煎餅	6. 泡菜
辣牛肉湯	豆腐鍋	烤肉	萵苣	海鮮煎餅	蘿蔔泡菜
牛尾湯	泡菜鍋	里肌肉	生菜飯糰	泡菜煎餅	小黃瓜泡菜
拌飯	味噌鍋	烤雞排	烤肉醬	蔥煎餅	白菜泡菜
冷麵	人蔘雞湯	鹽味燒肉	烤大蒜	蔬菜煎餅	發酵食品

이국요리（異國料理）

스파게티（義大利麵）和피자（披薩）是高知名度的異國料理，新鮮的야채（蔬菜）和해산물（海鮮），以及對身體有益的치즈（起司）和토마토（番茄），這些都是義式料理不可或缺的材料。在韓國，把김치（泡菜）加在義大利麵和披薩裡一點也不奇怪。

韓式義大利麵！
http://kr.blog.yahoo.com/musoi99/folder/208.html

이태리요리

track-35

1. 스파게티

토마토스파게티
크림스파게티
해물스파게티
미트볼스파게티

2. 피자

나폴리피자
피자빵
소세지
굽기

3. 치즈

모짜렐라
치즈가루
블루치즈
크림치즈

4. 고추기름

올리브유
식초
토마토페이스트
샐러드소스

5. 라자니아

면류
소스
피자배달
피자핫

6. 마카로니

크림소스
토마토소스
청장
미트소스

義式料理

1. 義大利麵	2. 披薩	3. 起司	4. 辣椒油	5. 麵餃	6. 筆管麵
番茄義大利麵	拿坡里披薩	拉絲起司	橄欖油	麵類	奶油醬
奶油義大利麵	披薩皮	起司粉	食用醋	醬類	番茄醬
海鮮義大利麵	香腸	藍起司	番茄泥	外送披薩	青醬
肉醬義大利麵	窯烤	奶油起司	沙拉醬	必勝客	肉醬

Unit 5
快樂的每一天

지하철（地下鐵）

韓國目前的地下鐵為**일 호선**（1號線）到**팔 호선**（8號線）。其中1號線是連接**인천**（仁川）、**수원**（水源）、**천안**（天安）等都市的**광역전철**（廣域電車）。因為連接了**서울**（首爾）地下鐵周邊的各大都市，所以也稱為**수도권전철**（首都圈電車）。

首爾地下鐵 www.seoulsubway.co.kr

역

1. 안내소

역
역내
여행객
대합실

2. 자동매표기

매표소
지폐
노선도
시간표

3. 차표

편도
왕복
상행
하행

4. 자동검표기

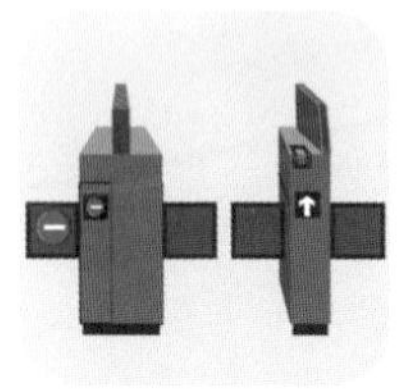

검표구
검표
검표원
입구

5. 전철

기차
KTX고속철도
지하철
수도권전철

6. 전광판

플랫폼
가게
물품보관함
철로

車站

1. 服務處	2. 自動售票機	3. 車票	4. 自動剪票機	5. 電車	6. 電子告示牌
車站	售票處	單程	剪票口	火車	火車月台
站內	紙鈔	來回	剪票	KTX高鐵	小商店
旅客	路線圖	上行	剪票員	地下鐵	寄物櫃
候車室	時刻表	下行	入口	首都圈電車	鐵軌

운동（運動）

一到週末，**공원**（公園）的**운동장**（運動場）或住宅周邊的**학교운동장**（學校運動場）到處擠滿了人潮。經常可以看到許多男生一起踢**축구**（足球）或打**농구**（籃球），以及女生**줄넘기**（跳繩）或**느리게 걷기**（慢慢地散步）的模樣。

首選公園約會地點 http://parks.seoul.go.kr

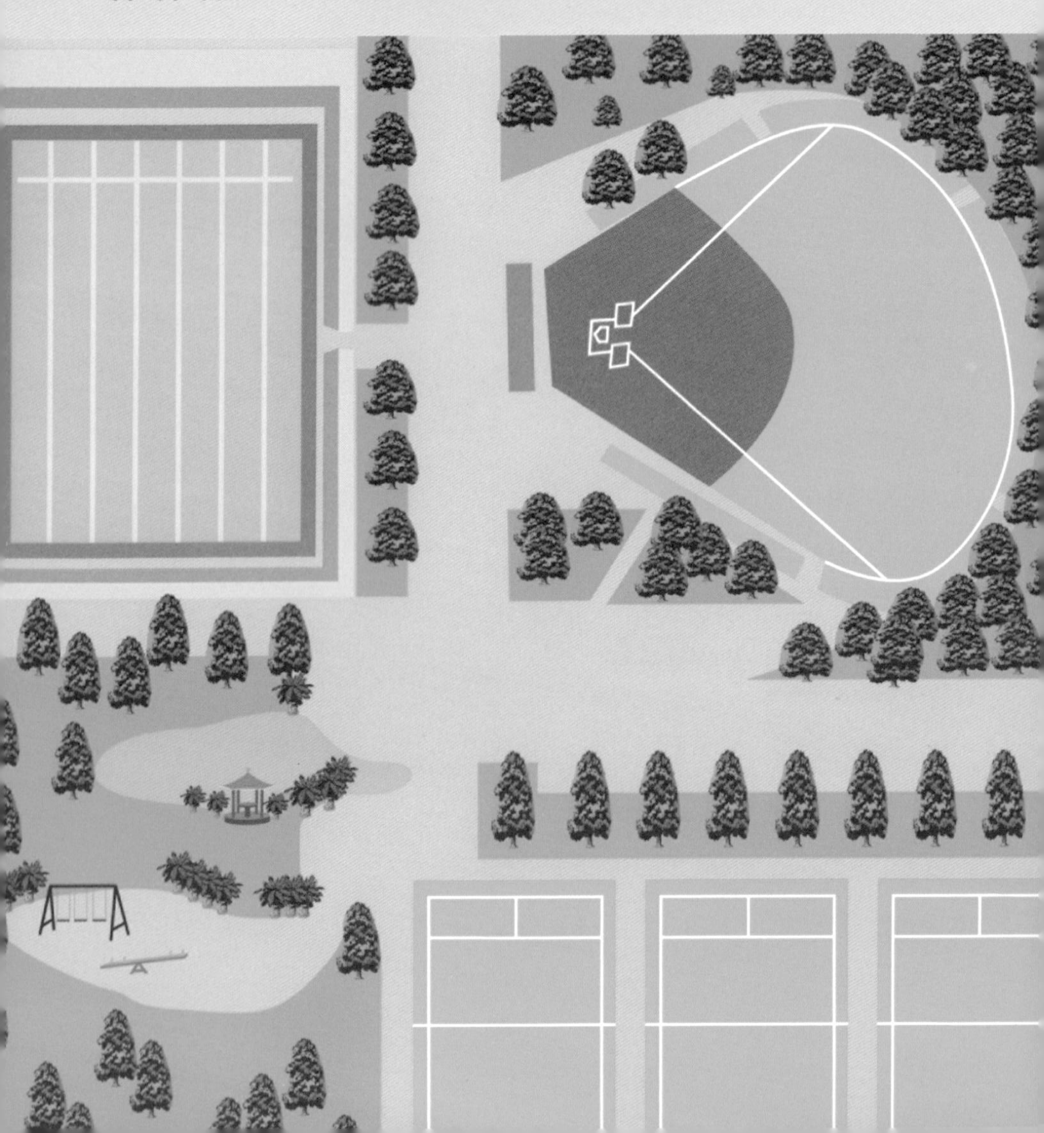

푸른 공원

1. 야구장

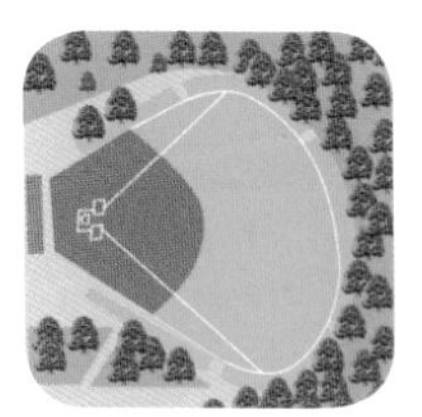

프로야구
응원스틱
경기
야간경기

2. 테니스장

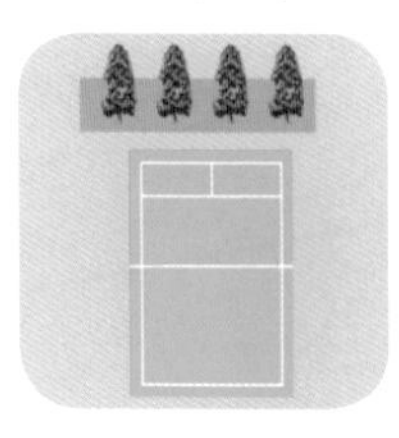

운동장
스케이트장
축구장
자전거도로

3. 수영장

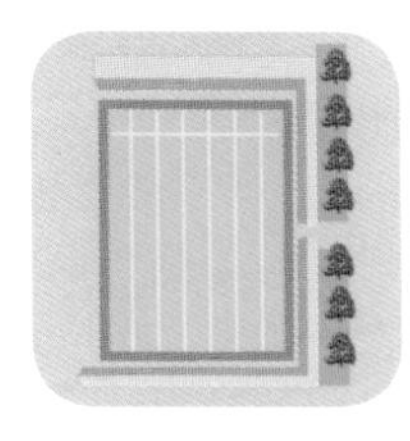

탈의실
안전요원
선탠
마사지풀

4. 그네

모래사장
시소
철봉
미끄럼틀

5. 저수지

오리
개구리
수초
호수

6. 정자

휴식처
휴게실
벤치
화장실

綠油油的公園

1.棒球場	2.網球場	3.游泳池	4.鞦韆	5.水池	6.涼亭
職業棒球	操場	更衣室	沙坑	鴨子	休息處
加油棒	溜冰場	救生員	翹翹板	青蛙	休息室
比賽	足球場	曬黑	單槓	水草	公園長椅
夜間比賽	自行車道	按摩浴池	溜滑梯	湖	洗手間

상점가（商店街）

韓國商店街和台灣的傳統市場差不多，店家也會將商品擺在店門口，用來吸引客人的目光。除了商店外，韓國的**시장**（市場）和台灣的菜市場也很相似！另外，有些地方還有每隔5天才開放市場的傳統。

好大規模的商店街 www.dongdaemunsc.co.kr

인간미 넘치는 시장

1. 오징어채

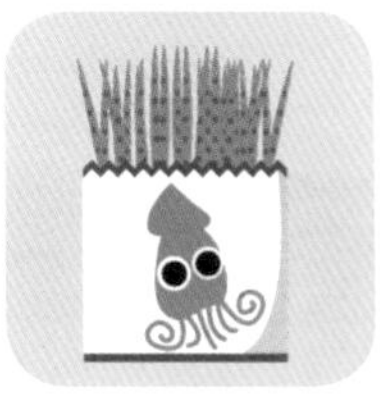

건어물
건어물가게
오징어
마른 오징어

2. 꽃다발

꽃가게
꽃
병문안
축하

3. 열쇠

열쇠점
자물쇠
자물쇠구멍
카드자물쇠

4. 망치

철물점
철사
드라이버
못

5. 다코야키

문어
군밤
군고구마
붕어빵

6. 대중목욕탕

이발소
미용실
세탁소
술집

人情味濃厚的市場

1. 魷魚絲	2. 花束	3. 鑰匙	4. 鐵鎚	5. 章魚燒	6. 大眾澡堂
乾魚	花店	鎖店	五金行	章魚	理髮店
乾魚店	花	鎖	鐵線	炒栗子	美髮店
魷魚	探病	鑰匙孔	螺絲頭	烤蕃薯	洗衣店
乾魷魚	祝賀	卡片鎖	釘子	紅豆鯛魚燒	小酒館

서점 이용법（書店的使用方法）

去書店就算不買書，還是可以看完書的內容。在韓國很多人都喜歡和朋友相約在書店附近見面，因為可以一邊看**책**（書）或**잡지**（雜誌），還可以一邊等人。除了可在書店買書外，還可以到**헌책방**（舊書店）或**인터넷서점**（網路書店）買書喔。

逛書店 www.kyobobook.co.kr

서점

1. 참고서

시험정리서
모의고사
문제집
해설

2. 만화

카툰
전집
소년만화
소녀만화

3. 사전

국어사전
한영사전
한중사전
번역

4. 잡지

패션잡지
요리책
생활정보지
자동차관련잡지

5. 소설

산문
전기
시
전문서적

6. 여행책

지도
여행
흑백인쇄
컬러인쇄

書店

1. 參考書	2. 漫畫	3. 字典	4. 雜誌	5. 小說	6. 旅遊指南
考前總複習	卡通	國語辭典	時尚雜誌	散文	地圖
模擬測驗	全集	韓英辭典	食譜	自傳	旅遊
問題集	少年漫畫	韓中辭典	生活情報雜誌	詩	黑白印刷
解說	少女漫畫	翻譯	汽車雜誌	專文書籍	彩色印刷

절약（節省）

把錢存在銀行的好處是可以賺이자（利息），但現在是금리（利率）低、景氣低迷的時代，似乎不用抱太大的期望。其實只要用對方法，還是可以절약（節省）金錢的，例如避免跨行提款就是一個省錢的好例子。

好貴的手續費 www.kfb.or.kr

편리한 은행

1. 통장

일반예금
정기예금
예금
펀드

2. 계좌번호

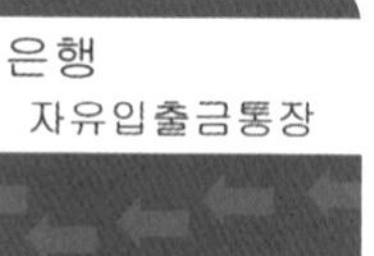

계좌
계좌명
분점
잔액조회

3. ATM

저금
출금
수수료
송금

4. 달러

환전
환율
유로
원화

5. 은행원

카운터
번호표
유니폼
은행

6. 은행카드

인출
비밀번호
지폐
동전

便利的銀行

1. 存摺	2. 帳號	3. ATM	4. 美金	5. 銀行員	6. 提款卡
一般存款	戶頭	存錢	換錢	櫃檯	取出
定期存款	帳戶名	提款	外幣匯率	號碼牌	密碼
存款	分行	手續費	歐元	制服	鈔票
基金	餘額查詢	匯款	韓元	銀行	硬幣

국제우편（國際郵件）

網路的便捷化，使得越來越多的台灣消費者，透過韓國的網路購物買東西。只要**신용카드**（信用卡）一卡在手，可以在網路上刷卡付費，不需**환전**（換錢）也沒有**지불**（付款）的問題，連貨物都可以透過**국제우편**（國際郵件）快速取得。

韓國郵遞局 www.epost.go.kr

우체국 이용하기

1. 편지

등기
항공운반
선박운반
편지봉투

2. 항공우편

주소
받는 주소
받는 사람
우편번호

3. 엽서

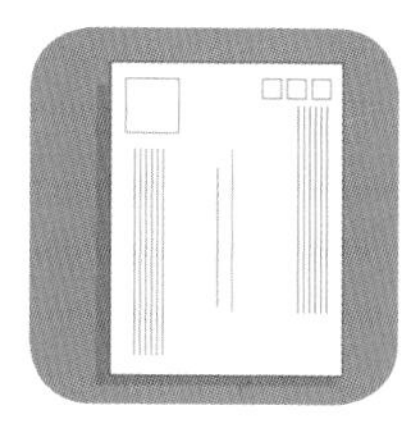

새해엽서
축하엽서
풍경엽서
초대엽서

4. 소포

포장
세관신고서
EMS
택배

5. 우표

기념우표
우표수집
취미
소장가치

6. 우체통

우체국
우체부
우편물
사서함

郵局的使用

1. 信
   掛號
   空運
   船運
   信封
2. 航空信
   地址
   收信地址
   收信人
   郵遞區號
3. 明信片
   賀年明信片
   祝賀明信片
   風景明信片
   邀請明信片
4. 包裹
   打包
   海關申報書
   國際快遞
   到府收貨服務
5. 郵票
   紀念郵票
   集郵
   興趣
   收藏價值
6. 郵筒
   郵局
   郵差
   郵件
   郵政信箱

여행（旅行）

搭비행기（飛機）去해외여행（海外旅行）時，除了스튜어디스（空服員）的서비스태도（服務態度）會影響旅程的心情，座位的安排也是很重要的因素。在항공사카운터（航空公司櫃檯）辦手續時，請務必清楚告知你要창가좌석（靠窗座位）或是복도좌석（走道座位）。

仁川國際機場 www.airport.kr

비행전의 각종 수속

1. 비행기표

여행사
성수기
비수기
대기

2. 여권

출국심사
세관
탑승권
출입구

3. 수속카운터

지정좌석
이코노미
비지니스
일등석

4. X레이검사

안전검사
검역
수하물검사
금속탐지기

5. 여행가방

무게초과 비용
카트
기내용가방
서류가방

6. 비행기번호

출발시간
도착시간
환승
비행시간

起飛前的各種手續

1. 飛機票	2. 護照	3. 報到櫃檯	4. X光檢查	5. 行李箱	6. 航班
旅行社	出入境檢查	指定座位	安全檢查	超重費用	出發時間
旺季	海關	經濟艙	檢疫	推車	抵達時間
淡季	登機證	商務艙	檢查隨身行李	登機手提行李	轉機
排候補	出入境	頭等艙	金屬探測器	皮箱	飛行時間

놀이공원（遊樂園）

去遊樂園玩並不是**어린이**（兒童）的專利，**어른**（大人）也是很喜愛的，尤其**연인**（戀人）們更視遊樂園為**데이트**（約會）聖地，希望愛苗能快速滋長。白天可以搭乘**놀이기구**（遊樂設施），晚上能夠欣賞**야경**（夜景），不論何時，遊樂園都能創造美好的**추억**（回憶）。

玩遊樂園 www.everland.com

놀이공원에서 재밌게 놀기

1. 입장권

대인
소인
우대권
아동권

2. 롤로코스터

놀이기구
번지점프
바이킹
사진

3. 회전목마

공중관람열차
커피잔
카레이서
귀신의 집

4. 관람차

경치
야경
연인
등불

5. 불꽃

밤하늘
불꽃놀이
고공불꽃
레이저불꽃쇼

6. 테마놀이공원

에버랜드
롯데월드
서울랜드
놀이공원

好玩的遊樂園

1.門票	2.雲霄飛車	3.旋轉木馬	4.摩天輪	5.煙火	6.主題樂園
大人	遊樂設施	空中觀景列車	景觀	夜空	愛寶樂園
小孩	自由落體	咖啡杯	夜景	放鞭炮	樂天世界
優待券	海盜船	小賽車	情侶	高空煙火	首爾樂園
兒童票	照片	鬼屋	燈光	雷射煙火秀	遊樂園

스포츠센터（健身中心）

結束一天忙碌工作的**직장인**（上班族），不少人會選擇到**스포츠센터**（健身中心）去運動，想要**다이어트**（節食）的人，運動更不可或缺。大部分的健身中心採會員制，一次買期限一年份的**회원권**（會員證）會比較划算。

逛首爾去
http://www.seoul.go.kr/v2007/lifeinfo/hbp/hbp04.html

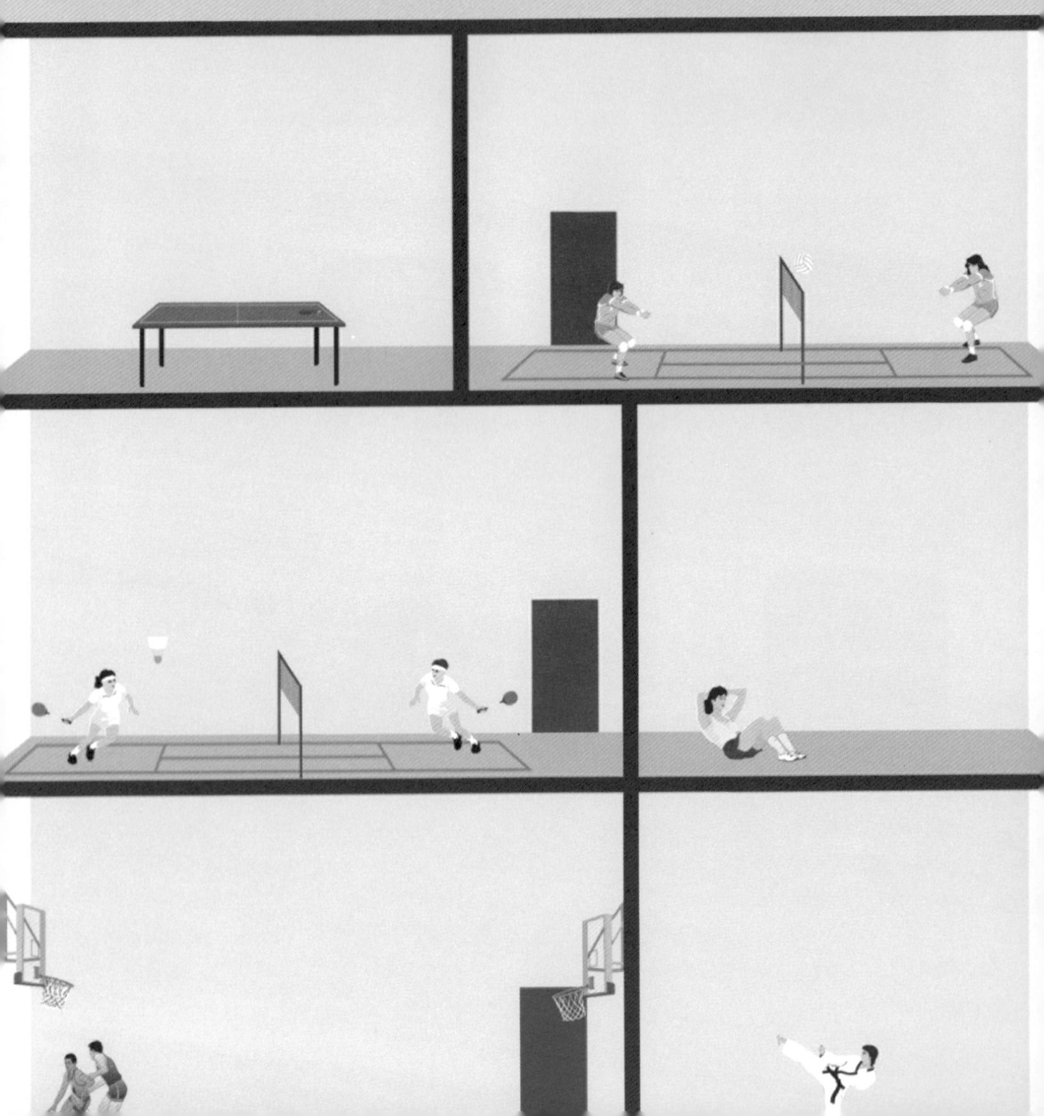

스포츠센터에서…

1. 탁구

탁구채
그물
공
탁구대

2. 배드민턴

싱글
더블
서브
피구

3. 농구

덩크슛
드리볼
반칙
슛

4. 배구

세트
블로킹
아웃
득점

5. 태권도

검도
유도
검은 띠
쿵푸

6. 윗몸일으키기

준비운동
유산소운동
요가
헬스

在健身中心…

1. 桌球	2. 羽毛球	3. 籃球	4. 排球	5. 跆拳道	6. 仰臥起坐
球拍	單打	灌籃秀	場地	劍道	暖身操
網子	雙打	帶球前進	阻擋	柔道	有氧運動
球	發球	違規	觸網	黑帶	瑜伽
桌球台	殺球	射籃	得分	功夫	健身

봄이 왔어요（春天到囉）

春天一到，韓國的街道上會開滿벚꽃（櫻花），但櫻花的美並非起初的綻放，而是美在隨風飄落時的點點花瓣雨。當櫻花盛開之時，很多人都會趁這個時候和家人或朋友一起去소풍（郊遊）。

玫瑰的花語是戰爭 http://www.byulbee.com/etc02.htm

아름다운 화원

1. 소나무

장수
솔방울
잎
나무

2. 벚꽃

벚꽃나무
앵두나무
화전
벚꽃놀이

3. 튤립

꽃송이
뿌리
화단
네덜란드

4. 카네이션

어버이날
꽃말
꽃다발
말린 꽃

5. 유채꽃

유채
유채기름
유채밭
제주도

6. 민들레

꽃잎
씨
줄기
뿌리

美麗的花園

1. 松樹	2. 櫻花	3. 鬱金香	4. 康乃馨	5. 油菜花	6. 蒲公英
長壽	櫻花樹	花苞	父母節	油菜	花瓣
毬果	櫻桃	球根	花語	油菜籽油	種子
葉子	花餅	花圃	花束	油菜田	莖
樹木	賞櫻花	荷蘭	乾燥花	濟州島	根

애완동물（寵物）

개（狗）在寵物飼養名單上排名第一，通常養在室內的以體型小的**강아지**（小狗）居多。韓國也像台灣一樣，有不少人養**애완견**（寵物狗），所以街上常常可以看到**동물병원**（動物醫院）或**애완동물센터**（寵物中心）林立。

動物的世界 http://tv.sbs.co.kr/zoo

귀여운 동물

1. 고양이

페르시안
히말라얀
집고양이
애완동물

2. 개

리트리버
치와와
개목걸이
사료

3. 햄스터

사육장
쳇바퀴
잡식
야행성

4. 토끼

귀
꼬리
털
먹이

5. 열대어

금붕어
수족관
수초
수질

6. 새

참새
제비
까마귀
둥지

可愛的動物

1. 貓	2. 狗	3. 黃金鼠	4. 兔子	5. 熱帶魚	6. 鳥
波斯貓	拉不拉多犬	飼養箱	耳朵	金魚	麻雀
喜馬拉雅貓	吉娃娃	滾輪車	尾巴	水族館	燕子
家貓	項圈	雜食	毛	水草	烏鴉
寵物	狗食	夜行性	飼料	水質	鳥巢

학원（補習班）

「學音樂的孩子不會變壞」，這個觀念韓國家長深信不疑，紛紛把孩子送到피아노학원（鋼琴補習班）學才藝。除了音樂類外，還有運動類的태권도학원（跆拳道補習班），這其中當然也少不了升學補習班，例如영어학원（英語補習班）、수학학원（數學補習班）甚至입시학원（入學考試補習班），孩子們忙碌的程度一點兒也不輸給大人。

認識跆拳道 www.koreataekwondo.org

음악교실

1. 피아노

전자피아노
건반
피아니스트
연주

2. 바이올린

첼로
비올라
삼현악
연주회

3. 오선

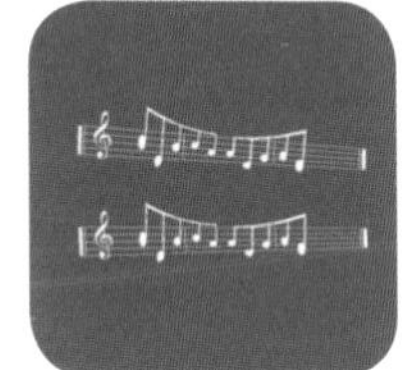

음악
음표
쉼표
악보

4. 나팔

나팔소리
호른
금속
군악대

5. 플룻

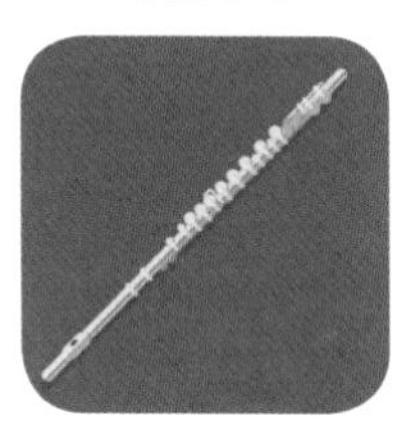

오보에
클래식
지휘자
악단

6. 기타

보컬
드럼
코러스
락

音樂教室

1. 鋼琴	2. 小提琴	3. 五線譜	4. 小喇叭	5. 長笛	6. 吉他
電子琴	大提琴	音樂	喇叭聲	雙簧管	主唱
琴鍵	琵琶	音符	號角	古典音樂	鼓手
鋼琴家	三味線	休止符	金屬	指揮者	伴唱
演奏	演奏會	樂譜	軍樂隊	樂團	搖滾

여름과 해변（夏天和海邊）

夏天怎麼能錯過海邊的活動呢！不管是套上**튜브**（游泳圈）或是穿上**구명조끼**（救生衣）**물놀이**（玩水），還是搭**바나나보트**（香蕉船）乘風破浪，都是海邊戲水的好選擇。就算不下水，還是可以在**모래사장**（沙灘）上**선탠**（曬太陽）。

到海邊散步去 www.jejutour.go.kr

같이 해변으로 가요!

1. 수영복

원피스
비키니
수영바지
구명조끼

2. 튜브

물안경
귀마개
노
보트

3. 서핑

서퍼
파도
요트
바람

4. 해변의자

파라솔
양산
비치볼
비치샌들

5. 선글라스

선블록
선크림
일광욕
선탠

6. 수영

수영교실
다이빙
자유영
배영

一起去海邊吧！

1.泳衣	2.游泳圈	3.衝浪	4.海灘椅	5.太陽眼鏡	6.游泳
一件式	蛙鏡	衝浪玩家	帳棚	防曬	游泳教室
比基尼	耳塞	海浪	海灘洋傘	防曬乳	浮潛
泳褲	滑槳	帆船	海灘球	日光浴	自由式
救生衣	塑膠艇	風	海灘拖鞋	曬太陽	仰式

오락실（娛樂場所）

各國**오락실**（娛樂場所）的玩法都差不多，在韓劇裡，一定可以看到**남자주인공**（男主角）夾娃娃送給**여자주인공**（女主角）當作愛的禮物。對情侶來說，這種展現男主角無所不能的戲碼絕對不能遺漏。

放鬆一下 www.hangame.com

오락실에서 시간 보내기

1. 스티커사진

전신
배경
글쓰기
코팅

2. 인형뽑기

집게
인형
동전
고수

3. 빠칭코

신기종
게임
게임기
게임방

4. 슬롯머신

당김대
그랑프리
실패
돈

5. 뽑기

장난감
플라스틱볼
열쇠고리
반지

6. 레이싱게임기

속도
감속
가속
종점

在電玩中心消磨時間

1. 大頭貼	2. 夾娃娃機	3. 柏青哥	4. 吃角子老虎機	5. 扭蛋機	6. 賽車遊戲機
全身	夾子	新機種	拉霸	玩具	速度
背景	娃娃	遊戲	大獎	塑膠球	減速
寫字	銅板	遊戲機	沒中	小吊飾	加速
護貝	高手	遊戲房	錢	戒指	終點

미술감상（美術鑑賞）

利用墨水來描繪的**수묵화**（水墨畫）在韓國受到廣泛的注目，以韓國傳統畫法所畫出的**한국화**（韓國畫）也逐漸受到現代人的喜愛。有越來越多的父母將孩子送去**미술학원**（美術補習班）學美術。

藝術品欣賞 www.moca.go.kr

미술에 대한 이해

1. 수채화

유채화
붓
물감
팔레트

2. 판화

목판화
전시회
예술가
복제화

3. 조각

비너스
점토
석고상
모델

4. 액자

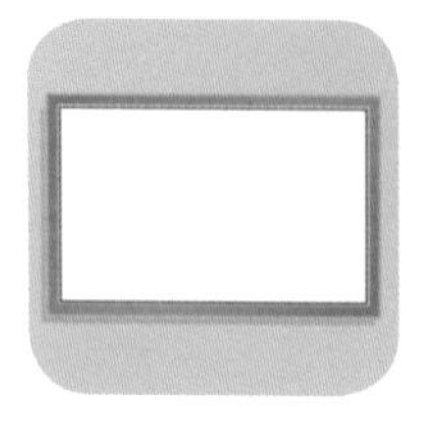

액자유리
스케치북
화구
걸이

5. 도자기

청동기
철기
은기
도예

6. 미술관

박물관
국보
문화고적
인상파

對美術的體悟

1. 水彩畫	2. 版畫	3. 雕刻	4. 畫框	5. 陶瓷器	6. 美術館
油畫	木板畫	維納斯	玻璃畫框	青銅器	博物館
畫筆	展覽	黏土	素描簿	鐵器	國寶
顏料	藝術家	石膏像	畫具	銀器	文化古蹟
梅花型調色盤	複製畫	模特兒	掛軸	陶藝	印象派

Unit 6
形容詞

놀이공원 울렁증（遊樂園恐懼症）

不少人對雲霄飛車又愛又怕，不是**어지럼증**（頭暈）就是**현기증**（眩暈），即使會有這種結果，還是忍不住讓人一玩再玩。看到那些等在出口處，只能幫親朋好友看管隨身物品的人，心中真替他們覺得可惜。

去遊樂園玩水 www.everland.com/caribbean

놀이공원에 도착해서

1. 즐겁다

매우 즐겁습니다
매우 즐거워요
즐거운 하루

2. 아름답다

매우 아름답습니다
매우 아름다워요
아름다운 아가씨

3. 기쁘다

매우 기쁩니다
매우 기뻐요
기쁜 아이

4. 신기하다

매우 신기합니다
매우 신기해요
신기한 게임

5. 싫다

매우 싫습니다
매우 싫어요
싫은 사람

6. 무섭다

매우 무섭습니다
매우 무서워요
무서운 바이킹

到了遊樂園

原 原型　格 格式體　非 非格式體

	原	格	非	
1	快樂的	很快樂	很快樂	快樂的一天
2	漂亮的	很漂亮	很漂亮	漂亮的小姐
3	開心的	很開心	很開心	開心的小孩
4	神奇的	很神奇	很神奇	神奇的遊戲
5	討厭的	很討厭	很討厭	討厭的人
6	可怕的	很可怕	很可怕	可怕的海盜船

연애 상담실（戀愛諮商室）

說**사랑해요**（我愛你）好像沒什麼大不了，可是對韓國男性來說，如果常常說出這三個字就會顯得不夠MAN，所以為了向對方表達愛意，通常只會說**좋아해요**（喜歡你）；如果只是感覺不錯但沒有感情成分，那麼你只會聽到對方讚美你是**괜찮은 사람**（不錯的人）。

為愛煩惱 http://cafe.daum.net/zpz

사랑해요

track-52

1. 멋있다

매우 멋있습니다
매우 멋있어요
멋있는 남자

2. 따뜻하다

매우 따뜻합니다
매우 따뜻해요
따뜻한 성격

3. 귀엽다

매우 귀엽습니다
매우 귀여워요
귀여운 여자

4. 외롭다

매우 외롭습니다
매우 외로워요
외로운 생활

5. 꼼꼼하다

매우 꼼꼼합니다
매우 꼼꼼해요
꼼꼼한 사람

6. 냉담하다

매우 냉담합니다
매우 냉담해요
냉담한 대답

我愛你

原 原型　格 格式體　非 非格式體

	原	格	非	
1	帥的	很帥	很帥	帥的男生
2	溫柔的	很溫柔	很溫柔	溫柔的個性
3	可愛的	很可愛	很可愛	可愛的女孩子
4	寂寞的	很寂寞	很寂寞	寂寞的生活
5	細心的	很細心	很細心	細心的人
6	冷淡的	很冷淡	很冷淡	冷淡的回答

검을 수록 좋다 (越黑越好)

台灣在書寫習慣上以藍色墨水為主，但韓國卻是以黑筆的消耗量為第一，因為在他們來說，黑色代表正式，所有正式文件的簽署都是以黑筆書寫的。改考卷或標示重要部分的時候，則是使用紅色筆。

무지개의 색깔

1. 빨갛다

빨간 펜
빨간 태양
빨간 꽃

2. 검다

검은 연필깎이
검은 줄
검은 양복

3. 노랗다

노란 연필
노란 손수건
노란 민들레

4. 푸르다

푸른 파일
푸른 받침
푸른 숲

5. 희다

흰 클립
흰 수첩
흰 수건

6. 파랗다

파란 지우개
파란 형광펜
파란 하늘

彩虹的顏色

原 原型

1	紅的	原	紅的筆	紅的太陽	紅的花
2	黑的	原	黑的削鉛筆機	黑的緞帶	黑的洋裝
3	黃的	原	黃的鉛筆	黃的手帕	黃的蒲公英
4	綠的	原	綠的檔案夾	綠的墊板	綠的森林
5	白的	原	白的迴紋針	白的筆記本	白的毛巾
6	藍的	原	藍的橡皮擦	藍的螢光筆	藍的天空

거주 스타일（居家風格）

空間不大越要讓它看起來**깔끔하다**（乾淨），這就是**웰빙**（well-being）受歡迎的主要原因。簡約自然風格的室內佈置，通常只有顏色較大自然色系的傢俱才能顯現出質感，不造作的裝飾讓人覺得**편안하다**（輕鬆自在）。

什麼都可以DIY http://cafe.naver.com/shezliving

우리집의 거실

1. 밝다

매우 밝습니다
매우 밝아요
밝은 등

2. 넓다

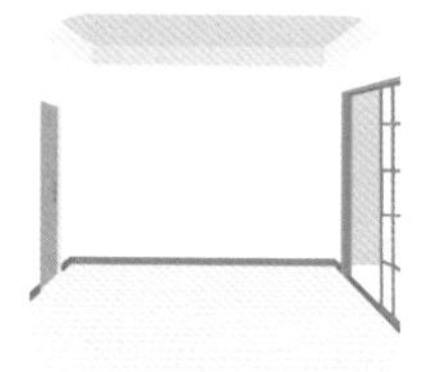

매우 넓습니다
매우 넓어요
넓은 거실

3. 깨끗하다

매우 깨끗합니다
매우 깨끗해요
깨끗한 화장실

4. 고급스럽다

매우 고급스럽습니다
매우 고급스러워요
고급스러운 소파

5. 상쾌하다

매우 상쾌합니다
매우 상쾌해요
상쾌한 공기

6. 선명하다

매우 선명합니다
매우 선명해요
선명한 색깔

原 原型　格 格式體　非 非格式體

1	明亮的	原	很明亮	格	很明亮	非	明亮的燈
2	寬敞的	原	很寬敞	格	很寬敞	非	寬敞的客廳
3	乾淨的	原	很乾淨	格	很乾淨	非	乾淨的化妝室
4	高雅的	原	很高雅	格	很高雅	非	高雅的沙發
5	清爽的	原	很清爽	格	很清爽	非	清爽的空氣
6	鮮明的	原	很鮮明	格	很鮮明	非	鮮明的顏色

대청소（大掃除）

任誰都想住在**반짝반짝**（亮晶晶）的房子裡，想要有這樣的環境，就得和廚房裡**끈적끈적**（黏TT）的油污、浴室裡**미끌미끌**（滑滑）的黴菌、客廳裡掃不完的灰塵和透氣不佳的室內空氣天天大作戰！只有這麼做，房子才能像**모델하우스**（樣品屋）一樣美不勝收。

垃圾掩埋地變成足球場 www.seoulworldcupst.or.kr

어두운 구석

1. 어둡다

매우 어둡습니다
매우 어두워요
어두운 곳

2. 고약하다

매우 고약합니다
매우 고약해요
고약한 냄새

3. 어지럽다

매우 어지럽습니다
매우 어지러워요
어지러운 싱크대

4. 좁다

매우 좁습니다
매우 좁아요
좁은 입구

5. 습하다

매우 습합니다
매우 습해요
습한 공간

6. 더럽다

매우 더럽습니다
매우 더러워요
더러운 걸레

陰暗的一角

原 原型　格 格式體　非 非格式體

1	陰暗的	原	很陰暗	格	很陰暗	非	陰暗的地方
2	臭的	原	很臭	格	很臭	非	臭的味道
3	雜亂的	原	很雜亂	格	很雜亂	非	雜亂的流理台
4	狹窄的	原	很狹窄	格	很狹窄	非	狹窄的入口
5	潮濕的	原	很潮濕	格	很潮濕	非	潮濕的空間
6	骯髒的	原	很骯髒	格	很骯髒	非	骯髒的抹布

건강제일（健康第一）

自從研究報告指出，胃癌罹患機率和**염분**（鹽分）攝取量呈正比後，韓國國內就掀起一股減鹽風。味噌、醬油要減鹽，連**젓갈**（醬菜）也要減鹽，對喜愛又辣又鹹**자극적인 음식**（刺激性食物）的韓國人來說，改變口味真是一件困難的事。

生老病死的秘密 www.kbs.co.kr/1tv/sisa/health

이거 무슨 맛이에요?

1. 달다

매우 답니다
매우 달아요
단 과자

2. 시다

매우 십니다
매우 셔요
신 과일

3. 짜다

매우 짭니다
매우 짜요
짠 음식

4. 쓰다

매우 씁니다
매우 써요
쓴 야채

5. 맵다

매우 맵습니다
매우 매워요
매운 김치

6. 개운하다

매우 개운합니다
매우 개운해요
개운한 맛

這是什麼味道？

原 原型　格 格式體　非 非格式體

1	甜的	原	很甜	格	很甜	非	甜的餅乾
2	酸的	原	很酸	格	很酸	非	酸的水果
3	鹹的	原	很鹹	格	很鹹	非	鹹的食物
4	苦的	原	很苦	格	很苦	非	苦的蔬菜
5	辣的	原	很辣	格	很辣	非	辣的泡菜
6	清爽的	原	很清爽	格	很清爽	非	清爽的味道

기후（氣候）

雖然韓國的夏天很熱，但晚上卻會吹來涼爽的風。夏天的**장마**（霪雨）會造成天氣悶熱和潮溼，和台灣的夏天很相似；但到了冬天氣溫會下降到零度以下，有時還會下大雪，所以有機會可以過**화이트 크리스마스**（白色聖誕節）和**스키**（滑雪）。

氣象資訊 www.kma.go.kr

오늘 몇 도입니까?

1. 덥다

매우 덥습니다
매우 더워요
더운 여름

2. 따뜻하다

매우 따뜻합니다
매우 따뜻해요
따뜻한 봄

3. 시원하다

매우 시원합니다
매우 시원해요
시원한 가을

4. 춥다

매우 춥습니다
매우 추워요
추운 겨울

5. 답답하다

매우 답답합니다
매우 답답해요
답답한 날씨

6. 상쾌하다

매우 상쾌합니다
매우 상쾌해요
상쾌한 바람

今天幾度？

原 原型　格 格式體　非 非格式體

1	炎熱的	原	很熱	格	很熱	非	炎熱的夏天
2	溫暖的	原	很溫暖	格	很溫暖	非	溫暖的春天
3	涼爽的	原	很涼爽	格	很涼爽	非	涼爽的秋天
4	寒冷的	原	很冷	格	很冷	非	寒冷的冬天
5	悶熱的	原	很悶	格	很悶	非	悶熱的天氣
6	爽快的	原	很爽快	格	很爽快	非	爽快的風

한자공부（學習漢字）

韓國雖然屬於漢字文化圈，但自從**한글**（韓文）創立後就幾乎完全取代原有的漢字，所以現在的書籍都是用韓文書寫的。而目前在韓國學習和考察漢字的風潮正逐漸盛行，書店裡也有不少專為初學者撰寫的**한자학습**（漢字學習）書。

漢字字典 http://handic.daum.net

다 보고 싶어요

1. 새롭다

매우 새롭습니다
매우 새로워요
새로운 주제

2. 낡다

낡은 우산
낡은 옷
낡은 책

3. 간단하다

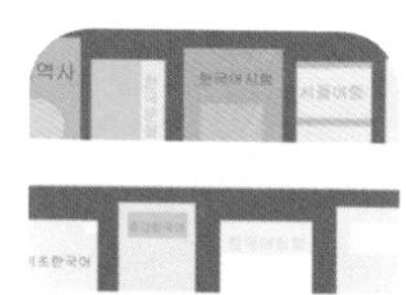

매우 간단합니다
매우 간단해요
간단한 문법

4. 어렵다

매우 어렵습니다
매우 어려워요
어려운 문제

5. 지루하다

매우 지루합니다
매우 지루해요
지루한 소설

6. 재미있다

매우 재미있습니다
매우 재미있어요
재미있는 그림

每種書都想看

原 原型　格 格式體　非 非格式體

1	新的	原	很新（新鮮）	格	很新（新鮮）	非	新的話題
2	舊的	原	舊雨傘		舊衣服		舊書
3	簡單的	原	很簡單	格	很簡單	非	簡單的文法
4	難的	原	很難	格	很難	非	難以理解的問題
5	無聊的	原	很無聊	格	很無聊	非	無聊的小說
6	有趣的	原	很有趣	格	很有趣	非	有趣的圖畫

오토바이가 없는 거리（沒有機車的街道）

韓國的街道上幾乎看不到機車的蹤影，因為當地的冬天非常寒冷而且小山坡又多，所以沒人想騎機車。不過偶爾還是可以看到騎機車的畫面，因為他們是**음식 배달원**（食物外送員）和**택배 배달원**（宅配外送員），這樣可以節省時間，方便短距離移動。

最新路況報導 www.ex.co.kr

지금 상황은 어때요?

1. 순조롭다

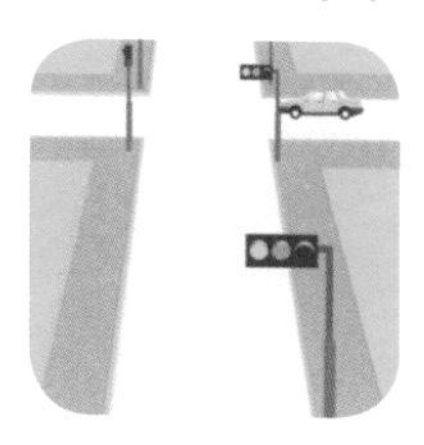

매우 순조롭습니다
매우 순조로워요
순조로운 도로

2. 빠르다

매우 빠릅니다
매우 빨라요
빠른 속도

3. 느리다

매우 느립니다
매우 느려요
느린 출발

4. 위험하다

매우 위험합니다
매우 위험해요
위험한 장난

5. 길다

매우 깁니다
매우 길어요
긴 줄

6. 가깝다

매우 가깝습니다
매우 가까워요
가까운 거리

現在狀況怎麼樣？

原 原型 格 格式體 非 非格式體

1	順利、順暢的	原	很順暢	格	很順暢	非	順暢的道路
2	快的	原	很快	格	很快	非	快的速度
3	緩慢的	原	很慢	格	很慢	非	晚出發
4	危險的	原	很危險	格	很危險	非	危險的嬉戲
5	長的	原	很長	格	很長	非	長的行列
6	近的	原	很近	格	很近	非	近的距離

도시락（便當）

為了讓小朋友把便當吃光光，媽媽們只好在視覺上力求創新，光是飯糰就可以是**삼각형**（三角形）、**원통형**（圓筒狀）、**둥근형**（球狀）、茶巾形和米袋形，而小熱狗一下變身成章魚，一下子又變成螃蟹，反而讓人捨不得咬下去。

各式各樣的麵包 www.paris.co.kr

빵가게 안의 각종 형상

1. 크다

매우 큽니다
매우 커요
큰 빵

2. 작다

매우 작습니다
매우 작아요
작은 슈크림

3. 둥글다

매우 둥급니다
매우 둥글어요
둥근 도너츠

4. 네모지다

네모진 가방
네모진 얼굴
네모진 토스트

5. 얇다

매우 얇습니다
매우 얇아요
얇은 피자

6. 두껍다

매우 두껍습니다
매우 두꺼워요
두꺼운 조각

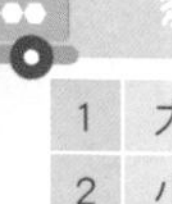

麵包店裡的各種形狀

原 原型　格 格式體　非 非格式體

1	大的 原	很大 格	很大 非	大的麵包
2	小的 原	很小 格	很小 非	小泡芙
3	圓的 原	很圓 格	很圓 非	圓的甜甜圈
4	四方形的 原	四方形的包包	四方臉	四方形的吐司
5	薄的 原	很薄 格	很薄 非	薄的披薩
6	厚的 原	很厚 格	很厚 非	厚片

성격（個性）

韓國人的個性大部分是屬於直率且激動的，在**국제운동경기**（國際運動比賽）中充分展現出韓國人的性格。既然參加比賽的話，那麼就抱著必勝的決心努力奮戰吧！

星座的故事 www.encyber.com/star

성격을 말해 봐요

1. 친절하다

매우 친절합니다
매우 친절해요
친절한 선생님

2. 엄격하다

매우 엄격합니다
매우 엄격해요
엄격한 규칙

3. 우울하다

매우 우울합니다
매우 우울해요
우울한 기분

4. 명랑하다

매우 명랑합니다
매우 명랑해요
명랑한 성격

5. 조용하다

매우 조용합니다
매우 조용해요
조용한 남학생

6. 활발하다

매우 활발합니다
매우 활발해요
활발한 여학생

試說個性

原 原型　格 格式體　非 非格式體

1	親切的	原	很親切	格	很親切	非	親切的老師
2	嚴格的	原	很嚴格	格	很嚴格	非	嚴格的規則
3	沉悶的	原	很沉悶	格	很沉悶	非	沉悶的心情
4	開朗的	原	很開朗	格	很開朗	非	開朗的個性
5	安靜的	原	很安靜	格	很安靜	非	安靜的男學生
6	活潑的	原	很活潑	格	很活潑	非	活潑的女學生

Unit 7
動詞

발을 움직여 봐요（搬動你的腳）

鳥兒날다（飛）、魚兒헤엄치다（游）、馬兒快快달리다（跑），這是動物移動的方式，而人類則依靠雙腳걷다（走）向目的地。운전하다（駕駛）交通工具雖然省力又快速，但速度帶來的風險，可能會讓一切在瞬間完全中斷。

你要去哪裡？ www.visitkorea.or.kr

여기서부터 저기까지

track-62

1. 오다

옵니다
와요
들어와요

2. 가다

갑니다
가요
회사에 가요

3. 나가다

나갑니다
나가요
몰래 나가요

4. 돌아오다

돌아옵니다
돌아와요
학교에서 돌아왔어요

5. 출근하다

출근합니다
출근해요
아침에 출근해요

6. 퇴근하다

퇴근합니다
퇴근해요
퇴근했어요

從這裡到那裡

原 原型　格 格式體　非 非格式體

	原	格	非	
1	來	來	來	進來
2	去	去	去	去公司
3	出去	出去	出去	悄悄地出去
4	回來	回來	回來	從學校回來了
5	上班	上班	上班	早上上班
6	下班	下班	下班	下班了

착용（穿）

韓文在動詞的使用上很複雜，例如「穿」字就要依物件穿在哪個部位，才能決定它的動詞。簡單分法為腰部以上用**걸치다**（穿），腰部以下用**입다**（穿）。而帽子用**쓰다**（戴）的、襪子用**신다**（穿）的、圍巾用**하다**（圍）的、手套則用**끼다**（戴）的。

 看看流行服飾 www.gmarket.co.kr

방에서 단장하기

1. 걸치다

걸칩니다
걸쳐요
셔츠를 걸쳐요

2. 끼다

낍니다
껴요
반지를 껴요

3. 입다

입습니다
입어요
청바지를 입어요

4. 매다

맵니다
매요
넥타이를 매요

5. 풀다

풉니다
풀어요
단추를 풀어요

6. 벗다

벗습니다
벗어요
스웨터를 벗어요

原 原型　格 格式體　非 非格式體

1	穿 原	穿 格	穿 非	穿襯衫
2	穿戴（將~固定在~） 原	穿戴（將~固定在~） 格	穿戴（將~固定在~） 非	戴戒指
3	穿 原	穿 格	穿 非	穿牛仔褲
4	綁、打結 原	綁、打結 格	綁、打結 非	打領帶
5	解開、拿掉 原	解開、拿掉 格	解開、拿掉 非	解開釦子
6	脫去 原	脫去 格	脫去 非	脫去毛衣

담백해요（不油膩）

韓國人烹調魚類幾乎不使用油。新鮮的魚如果不做**회**（生魚片），他們會在心裡吶喊「真浪費！」，非要料理的話，則會做成**생선조림**（滷魚）或**생선구이**（烤魚）。滷魚是用調好的醬汁稍微燙過；烤魚則是將風乾的魚片火烤，兩種口感都各具好滋味。

今天做什麼菜呢？ http://kitchen.naver.com

부엌에서 요리하기

1. 볶다

볶습니다
볶아요
볶음 요리

2. 조리다

조립니다
조려요
장조림

3. 굽다

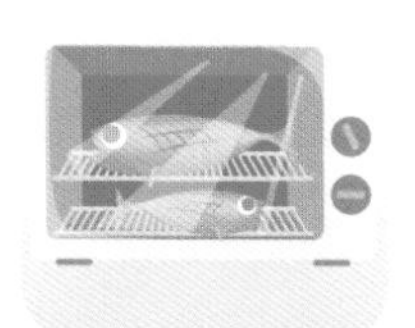

굽습니다
구워요
구운 생선

4. 튀기다

튀깁니다
튀겨요
튀긴 새우

5. 삶다

삶습니다
삶아요
삶은 계란

6. 무치다

무칩니다
무쳐요
채소 무침

在廚房做菜

原 原型　格 格式體　非 非格式體

1	炒	原	炒	格	炒	非	炒菜
2	滷	原	滷	格	滷	非	滷肉
3	烤、煎	原	烤、煎	格	烤、煎	非	烤魚
4	炸	原	炸	格	炸	非	炸蝦
5	水煮、燙	原	水煮、燙	格	水煮、燙	非	水煮蛋
6	拌	原	拌	格	拌	非	涼拌蔬菜

귀여워요（可愛）

小朋友的個性千奇百怪，一般調皮好動的小孩會被歸為**장난꾸러기**（頑皮鬼），反之，安靜又聽媽媽話的小孩叫**순한 아이**（乖小孩）或是**얌전한 아이**（文靜的小孩）。

媽媽真偉大 http://baby.woman.yahoo.co.kr

학교에서

1. 생각하다

생각합니다
생각해요
여자친구를 생각해요

2. 꾸짖다

꾸짖습니다
꾸짖어요
학생을 꾸짖어요

3. 계획하다

계획합니다
계획해요
작전을 계획해요

4. 놀다

놉니다
놀아요
친구와 놀아요

5. 놀라다

놀랍니다
놀라요
놀랐어요

6. 실망하다

실망합니다
실망해요
실망했어요

在學校裡

原 原型　格 格式體　非 非格式體

1	想	原	想	格	想	非	想女朋友
2	教訓	原	教訓	格	教訓	非	教訓學生
3	計畫	原	計畫	格	計畫	非	計畫策略
4	玩	原	玩	格	玩	非	和朋友玩
5	驚訝	原	驚訝	格	驚訝	非	嚇了一跳
6	失望	原	失望	格	失望	非	失望了

소나기（雷陣雨）

看到午後滿天烏雲密佈，沒帶傘的人一定在心裡暗暗大叫**큰 일나다**（糟了），因為等一下恐怕要**천둥번개가 치다**（打雷又閃電），外加一場豪大雨。不過，也不用那麼悲觀，搞不好等一下就會有雨後的**무지개**（彩虹）出現呢！

颱風的級數 www.typhoon.or.kr

날씨의 변화

track-66

1. 개다

개었습니다
개었어요
날씨가 개었어요

2. 내리다

내립니다
내려요
비가 내려요

3. 생기다

생깁니다
생겨요
먹구름이 생겼어요

4. 멎다

멎었습니다
멎었어요
비가 멎었어요

5. 불다

붑니다
불어요
강풍이 불어요

6. 올라가다

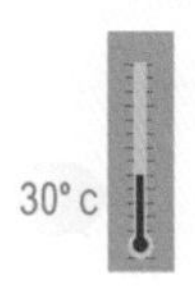

올라갑니다
올라가요
기온이 올라가요

天氣的變化

原 原型　格 格式體　非 非格式體

1	放晴	原	放晴了	格	放晴了	非	天氣放晴了
2	灑下、降下	原	灑下、降下	格	灑下、降下	非	下雨
3	出現	原	出現	格	出現	非	出現了烏雲
4	停止	原	停止了	格	停止了	非	雨停了
5	刮（風）、吹（氣）	原	刮（風）、吹（氣）	格	刮（風）、吹（氣）	非	刮起強風
6	上升	原	上升	格	上升	非	氣溫上升

어린이 메뉴（兒童餐）

沒有任何動作片比得過小孩子在餐廳吃飯來得精采，因為他們對任何事都很容易生**질리다**（膩），菜還沒上來，已經在餐廳裡**돌아다니다**（滿場跑），而飯菜總是散落在桌上和地上。更妙的是，結帳時爸爸忙著付錢，小孩卻忙著跟媽媽**떼쓰다**（索求）收銀台前面的小玩具。

健康兒童餐 http://kidmenu.kfda.go.kr

식당가기 !

track-67

1. 앉다

앉습니다
앉아요
바에 앉아요

2. 주문하다

주문합니다
주문해요
음식을 주문해요

3. 먹다

먹습니다
먹어요
회를 자주 먹어요

4. 마시다

마십니다
마셔요
술을 많이 마셔요

5. 가져가다

가져갑니다
가져가요
그릇을 가져가요

6. 지불하다

지불합니다
지불해요
음식값을 지불해요

上餐館囉！

原 原型　格 格式體　非 非格式體

1	坐下	原	坐下	格	坐下	非	坐吧檯
2	點菜	原	點菜	格	點菜	非	點菜
3	吃	原	吃	格	吃	非	常吃生魚片
4	喝	原	喝	格	喝	非	喝很多酒
5	收（回去）	原	收（回去）	格	收（回去）	非	把碗收回去
6	支付	原	支付	格	支付	非	支付餐費

일조권（日照權）

韓國建築法裡有一條日照權的規定，為的是讓每間房子都能有陽光照射。冬天時，當房子被太陽曬得**따뜻하다**（暖暖）的時候，直接在地板上躺下來享受日光浴，這樣比做高級的SPA還能**편안하다**（放鬆）。只要一個這樣的溫暖午後時光，就能讓身心再度充滿能量。

免費法律諮詢 www.klac.or.kr

일상생활의 동사(1)

1. 보다

봅니다
봐요
텔레비전을 봐요

2. 듣다

듣습니다
들어요
음악을 들어요

3. 이야기하다

이야기합니다
이야기해요
전화로 이야기해요

4. 인사하다

인사합니다
인사해요
친구와 인사해요

5. 장난치다

장난칩니다
장난쳐요
애완동물과 장난쳐요

6. 청소하다

청소합니다
청소해요
방을 청소해요

日常生活的動詞(1)

原 原型 格 格式體 非 非格式體

1	看	原	看	格	看	非	看電視
2	聽	原	聽	格	聽	非	聽音樂
3	聊天	原	聊天	格	聊天	非	電話聊天
4	問候	原	問候	格	問候	非	和朋友問候
5	玩耍	原	玩耍	格	玩耍	非	和寵物玩耍
6	打掃	原	打掃	格	打掃	非	打掃房間

나의 영역（我的領域）

在自己的房間裡除了睡覺外，還可以**놀다**（玩）、**독서하다**（讀書）、**노래하다**（唱歌）或**춤추다**（跳舞）。心情不好的時候，也可以躲在裡面不被打擾。如果客廳被大人們佔據時，也可以邀請朋友在裡面**파티를 열다**（開派對）呢！

小朋友也可以上網 http://kr.kids.yahoo.com

일상생활의 동사(2)

1. 쓰다

쓰니다
써요
편지를 써요

2. 읽다

읽습니다
읽어요
시집을 읽어요

3. 사용하다

사용합니다
사용해요
컴퓨터를 사용해요

4. 끄다

끕니다
꺼요
텔레비전을 꺼요

5. 휴식하다

휴식합니다
휴식해요
침대에 기대어
휴식해요

6. 잠을 자다

잠을 잡니다
잠을 자요
침대에서 잠을 자요

日常生活的動詞 (2)

原 原型　格 格式體　非 非格式體

1	寫	原	寫	格	寫	非	寫信
2	讀	原	讀	格	讀	非	讀詩集
3	使用	原	使用	格	使用	非	用電腦
4	關掉	原	關掉	格	關掉	非	關掉電視
5	休息	原	休息	格	休息	非	躺在床上休息
6	睡覺	原	睡覺	格	睡覺	非	在床上睡覺

대중목욕탕（大眾澡堂）

在一群不認識的人面前脫光衣服泡澡，這對韓國人來說是件很平常的事。如果**할머니**（奶奶）、**엄마**（媽媽）、**딸**（女兒）一同前去大眾澡堂的話，不僅可以互相為對方刷背，還可以培養家人之間的感情喔。

일상생활의 동사(3)

1. 닦다

닦습니다
닦아요
이를 닦아요

2. 세수하다

세수합니다
세수해요
비누로 얼굴을
세수해요

3. 닦다

닦습니다
닦아요
수건으로 몸을
닦아요

4. 말리다

말립니다
말려요
드라이기로
머리를 말려요

5. 바르다

바릅니다
발라요
로션을 발라요

6. 깎다

깎습니다
깎아요
수염을 깎아요

日常生活的動詞(3)

原 原型　格 格式體　非 非格式體

1	刷洗	原	刷洗	格	刷洗	非	刷牙
2	洗臉	原	洗臉	格	洗臉	非	用香皂洗臉
3	擦拭	原	擦拭	格	擦拭	非	用毛巾擦拭身體
4	弄乾	原	弄乾	格	弄乾	非	用吹風機吹乾頭髮
5	塗抹	原	塗抹	格	塗抹	非	抹乳液
6	剃、刮	原	剃、刮	格	剃、刮	非	刮鬍子

광고지（廣告單）

控管伙食費的第一步就是重新檢討買菜的習慣。①不**중복구매**（重複購買）②要熟知**저가**（底價）③善用**특가품**（特價品）。在進行前先從查廣告單開始做起，認真的主婦甚至會做筆記，適時的逢低買進，不讓錢白白花費掉。

節約大作戰 www.couponjoa.co.kr

슈퍼에서

track-71

1. 밀다

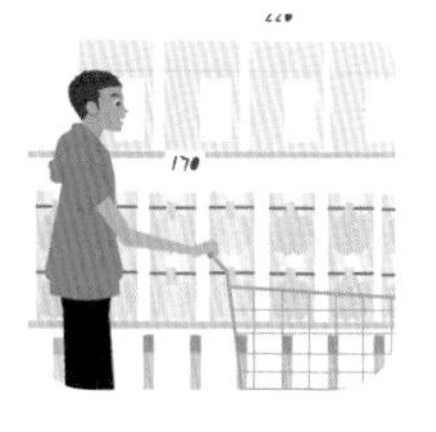

밉니다
밀어요
수레를 밀어요

2. 찾다

찾습니다
찾아요
물건을 찾아요

3. 분별하다

분별합니다
분별해요
신선한
것을 분별해요

4. 재다

잽니다
재요
무게를 재요

5. 고르다

고릅니다
골라요
큰 것을 골라요

6. 사다

삽니다
사요
한번에 많이 사요

超市裡

原 原型 格 格式體 非 非格式體

	原	格	非	
1	推	推	推	推購物車
2	找	找	找	找東西
3	分辨	分辨	分辨	分辨新鮮的東西
4	量、秤	量、秤	量、秤	秤重量
5	選、挑	選、挑	選、挑	選大的東西
6	買	買	買	一次買很多

회의도 일이다（開會也是工作）

進到辦公室的第一件事就是開信箱檢查信件，順便將連絡事項做好**확인하다**（確認）。突然看到一個**면담**（面談）要求時，主管指示說**회의**（開會）時再討論。為了知道什麼時候能開會，還得知會其他人討論後才能決定。於是，一天總在被大小事佔滿之中度過了。

사무실에서

1. 말하다

말합니다
말해요
상사와 말해요

2. 치다

칩니다
쳐요
키보드로
글자를 쳐요

3. 기록하다

기록합니다
기록해요
전화내용을 기록해
요

4. 복사하다

복사합니다
복사해요
양면으로 복사해요

5. 생각하다

생각합니다
생각해요
곰곰히 생각해요

6. 돌려주다

돌려줍니다
돌려줘요
문서를 직원에게
돌려줘요

在辦公室裡

原 原型　格 格式體　非 非格式體

1	談話	原	談話	格	談話	非	和上司談話
2	打	原	打	格	打	非	用鍵盤打字
3	記錄	原	記錄	格	記錄	非	記錄電話內容
4	影印	原	影印	格	影印	非	雙面影印
5	思索	原	思索	格	思索	非	仔細地思索
6	還	原	還	格	還	非	將文件還給職員

시간표（時刻表）

首爾的電車時刻表比較準時，如果沒有**사고**（事故）發生，每一班都會照著**시간표**（時刻表）來。連結首爾周邊都市的電車，並不是每站都停，通常只會停重要的大站，這種電車叫**급행열차**（快行車），速度比區間車快。

全國地鐵網 www.websubway.co.kr

어디든 다 갈래요

1. 걷다

걷습니다
걸어요
성큼성큼 걸어요

2. 타다

탑니다
타요
자전거를 타요

3. 기다리다

기다립니다
기다려요
버스를 기다려요

4. 타다

탑니다
타요
버스를 타요

5. 내리다

내립니다
내려요
차에서 내려요

6. 세우다

세웁니다
세워요
차를 세워요

哪兒都要去

原 原型　格 格式體　非 非格式體

1	走路	原	走路	格	走路	非	大步走
2	騎	原	騎	格	騎	非	騎腳踏車
3	等	原	等	格	等	非	等公車
4	搭乘	原	搭乘	格	搭乘	非	搭公車
5	下（交通工具）	原	下（交通工具）	格	下（交通工具）	非	從車子下來
6	停	原	停	格	停	非	停車

엄지족（拇指族）

現代人的聯絡方式邁向科技化，工作上一般以**이메일**（電子郵件）為主，朋友互動則以**핸드폰**（手機）為主。如果不想天南地北的閒扯，也可以透過手機傳**핸드폰문자**（簡訊）給對方，這種不受地區與時間的限制，是傳遞重要資訊或避免語塞最好用的方法。

玩手機 http://kr.mobile.yahoo.com

편지 부치러 가기

track-74

1. 부치다

부칩니다
부쳐요
엽서를 부쳐요

2. 보내다

보냅니다
보내요
소포를 보내요

3. 붙이다

붙입니다
붙여요
우표를 붙여요

4. 배달하다

배달합니다
배달해요
우편물을 배달해요

5. 송달하다

송달합니다
송달해요
비행기표를 송달해요

6. 받다

받습니다
받아요
영수증을 받아요

寄信去

原 原型 格 格式體 非 非格式體

1	寄	原	寄	格	寄	非	寄明信片
2	寄送	原	寄送	格	寄送	非	寄送包裹
3	貼	原	貼	格	貼	非	貼郵票
4	遞送	原	遞送	格	遞送	非	遞送郵件
5	送達	原	送達	格	送達	非	送達飛機票
6	領取	原	領取	格	領取	非	領取收據

투자（投資）

利用銀行生財可不是只有存錢一途，可以透過它購買**국채**（國債）、**펀드**（基金）或**외화예금**（外匯存款）等方式，增加自己的財富。如果碰到資金短缺時，還可以跟銀行**대출**（貸款），幫自己度過金錢上的難關。

學投資 www.tooza.net

돈을 저금해요

1. 저금하다

저금합니다
저금해요
월급을 저금해요

2. 보관하다

보관합니다
보관해요
남의 돈을 보관해요

3. 인출하다

인출합니다
인출해요
현금을 인출해요

4. 공제하다

공제합니다
공제해요
세금을 공제해요

5. 송금하다

송금합니다
송금해요
대만으로 송금해요

6. 조회하다

조회합니다
조회해요
통장을 조회해요

把錢存起來

原 原型　格 格式體　非 非格式體

	原型		格式體		非格式體		
1	儲蓄	原	儲蓄	格	儲蓄	非	存薪資
2	寄放	原	寄放	格	寄放	非	寄放別人的錢
3	領出	原	領出	格	領出	非	領出現金
4	扣款	原	扣款	格	扣款	非	扣稅金
5	匯款	原	匯款	格	匯款	非	匯款至台灣
6	查詢	原	查詢	格	查詢	非	查詢存摺

병문안（探病）

醫院雖然是營利機構，但**간호사**（護士）絕對不會對病人說**어서오세요**（歡迎光臨）或**또 오세요**（歡迎再來）等招呼語，而是以**몸조리하세요**（請小心養病）為替代語。探病時，切忌帶**국화**（菊花）前往。

健康和醫學 http://kr.dir.yahoo.com/health

병원에서 진료받기

1. 운반하다

운반합니다
운반해요
환자를 운반해요

2. 묻다

묻습니다
물어요
환자의 상태를 물어요

3. 받다

받습니다
받아요
진료를 받아요

4. 제거하다

제거합니다
제거해요
붕대를 제거해요

5. 측정하다

측정합니다
측정해요
혈압을 측정해요

6. 받다

받습니다
받아요
약을 받아요

在醫院接受治療

原 原型　格 格式體　非 非格式體

1	搬運	原	搬運	格	搬運	非	搬運患者
2	詢問	原	詢問	格	詢問	非	詢問患者的狀態
3	接受	原	接受	格	接受	非	接受治療
4	拿掉	原	拿掉	格	拿掉	非	拿掉繃帶
5	測量	原	測量	格	測量	非	測量血壓
6	獲得	原	獲得	格	獲得	非	領藥

Unit 8
他動詞和自動詞

등을 켜면 밝아져요（開了燈，燈就會亮）

這裡介紹的「開」與「關」動詞，是用在會亮、有通電的事物上，例如對汽車上的冷氣、音響、車燈的操控；如果想開車門離開時，這裡的「開關」動詞就不適用了，而是必須使用下一個單元裡介紹的**열다**（開）才正確。

節約能源的方法 www.kemco.or.kr

켜고 끄기(1)

1. 켜다

등을 켜다
텔레비전을 켜다
에어컨을 켜다

2. 켜지다

켜져 있다
차의 등이 켜져 있다
난로의 불이 켜져 있다

3. 끄다

등을 끄다
보일러를 끄다
라디오를 끄다

4. 꺼지다

텔레비전의 화면이 꺼지다
촛불이 꺼지다
가로등이 꺼지다

開和關 (1)

原 原型

1. 開 原
   開燈
   開電視
   開空調

2. 開、點 原
   開著
   車子的燈開著
   火爐的火點著

3. 關 原
   關燈
   關暖氣
   關掉收音機

4. 消失 原
   電視畫面消失了
   蠟燭熄滅了
   街燈熄滅了

문을 닫다=망하다（關門＝倒店）

當空間被阻隔時，對於移除或增加阻隔動作的動詞，都必須要使用本單元的「開與關」動詞，例如門、窗、窗簾、蓋子都適用。另外用在**상점**（商店）的開關動詞，則分成有形的「門」的開關及無形的營運開市與結束營業。

自己做衣服 www.pinkfox.pe.kr

켜고 끄기(2)

1. 열다

문을 열다
창문을 열다
뚜껑을 열다

2. 열리다

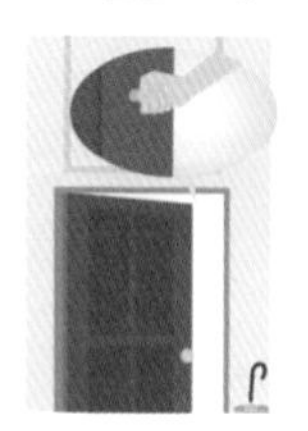

열려 있다
상자가 열려 있다
지퍼가 열려 있다

3. 닫다

창문을 닫다
문을 닫다
방충망을 닫다

4. 닫히다

닫혀 있다
병뚜껑이 닫혀 있다
상점이 닫혀 있다

開和關 (2)

原 原型

1. 打開 原
   - 開門
   - 開窗
   - 打開蓋子

2. 打開 原
   - 開著
   - 盒子打開著
   - 拉鍊打開著

3. 關上 原
   - 關窗戶
   - 關門
   - 關紗窗

4. 關上 原
   - 關著
   - 瓶蓋蓋著
   - 商店關著

시작（開端）

聽到有人說：**영화를 시작하다**（開始做電影），意思是開始從事有關電影製作的工作；如果說成**영화가 시작되다**（電影開始了）的話，通常是表示影片已經開始放映了。這句話除了用在電影院外，就連在家看電視也經常會聽到。

電影預告片 http://movie.naver.com

시작과 끝

1. 시작하다

회의를 시작하다
토론을 시작하다
대화를 시작하다

2. 시작되다

회의가 3시에 시작되다
새로운 프로젝트가 시작되다
생산이 시작되다

3. 끝내다

일을 끝내다
프로젝트를 끝내다
임무를 끝내다

4. 끝나다

CLOSE

영업시간이 끝나다
영화가 끝나다
마침내 끝나다

開始和結束

原 原型

1. 開始、展開 原
開始開會
展開議論
開始對談

2. 開始 原
會議在三點鐘開始
新企劃將要開始
開始生產了

3. 結束、完了 原
做完工作
結束計畫
結束任務

4. 結束 原
營業時間結束了
電影結束了
總算結束了

돈이 나오다=돈이 들어오다
（錢出來＝錢進來）

發薪日是所有上班族最開心的一天。當看到薪資存摺上面的數字增加時，我們稱為돈이 나오다/돈이 들어오다（錢出來／錢進來）。與這個詞相對的意思是（錢出去），是指錢從老闆那裡發出去的。

郵政儲險 www.epostbank.go.kr

각양각색의 사람

1. 넣다

돈을 넣다
탑승권을 넣다
지갑에 넣다

2. 들어오다

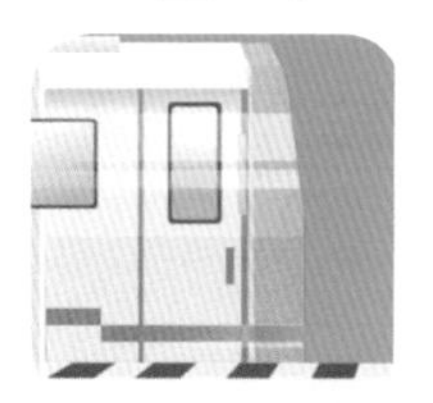

전차가 들어오다
사람이 들어오다
개찰구로 들어오다

3. 꺼내다

돈을 꺼내다
시간표를 꺼내다
주머니에서 차표를 꺼내다

4. 나오다

매표기에서 표가 나오다
찾던 돈이 나오다
자판기에서 커피가 나오다

各式各樣的人

原 原型

1. 放進去 原
   放錢進去
   放乘車票進去
   放進錢包裡

2. 進來 原
   電車進站
   有人進來
   進入剪票口

3. 拿出來 原
   出錢
   拿出時刻表
   從口袋裡拿出車票

4. 出來 原
   車票從售票機出來
   找的錢出來了
   咖啡從販賣機出來

고치다（修理）

不管玩具是**부수다**（弄壞）還是**부서지다**（壞掉），對小孩來說，最重要的是能不能**고쳐져요**（修理）。媽媽為了機會教育，通常都會先回以**못 고쳐요**（不能修）的答案，等小孩開始有悔意後，才又補上一句：我們還是**고쳐 봐요**（修修看）吧！當孩子看到玩具**고쳤어요**（修好了）而流露出驚喜神色時，這就是媽媽要孩子明白愛惜物品的道理。

小朋友的博物館 www.samsungkids.org

위험한 행동은 안 돼요!

1. 부수다

벤치를 부수다
열쇠를 부수다
물건을 부수다

2. 부서지다

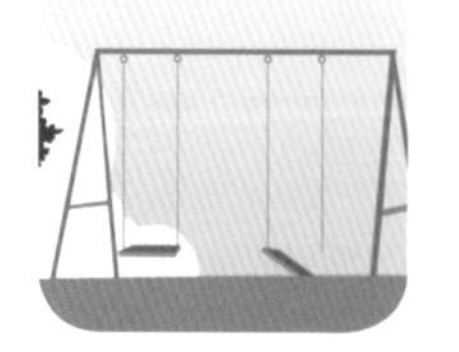

그네가 부서지다
의자가 부서지다
텔레비전이 부서지다

3. 넘어뜨리다

자전거를 넘어뜨리다
나무를 넘어뜨리다
뒤에서 사람을 넘어뜨리다

4. 넘어지다

전봇대가 넘어지다
다른 사람에게 차여서 넘어지다
바람에 넘어지다

不可以做危險的事！

原 原型

1. 弄壞 原
   把椅子弄壞
   把鑰匙弄壞
   把東西弄壞

2. 壞掉 原
   鞦韆壞掉
   椅子壞掉
   電視壞掉

3. 弄倒 原
   推倒腳踏車
   推倒樹
   從後面推倒人

4. 倒下 原
   電線桿倒了
   被對方踢到而倒下
   被風吹倒了

반품（退貨）

買到**불량품**（不良品）當然要拿回去退換，可是如果因為用詞不當，可能會遭到拒絕退貨的命運。**찢어지다**（破掉）和**찢다**（弄破）都是東西有損壞的意思，前者給人的感覺是商家賣給你的東西是瑕疵品，而後者是消費者購買後把東西毀壞。所以兩字意思相差甚大，不能不注意！

退貨必備常識 www.dailyconsumer.co.kr

물건을 아끼세요

1. 찢다

종이를 찢다
포장지를 찢다
봉지를 찢다

2. 찢어지다

책이 찢어지다
포장상자가 찢어지다
옷이 찢어지다

3. 접다

신문을 반으로 접다
지갑에 넣기 위해 먼저 접다
손수건을 접다

4. 꺾어지다

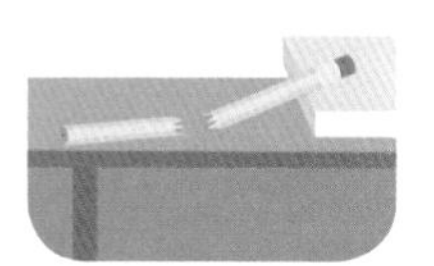

연필이 꺾어지다
꽃이 꺾어지다
나뭇가지가 꺾어지다

請愛惜東西

原 原型

1. 弄破、撕破 原
   把紙撕破
   撕掉包裝紙
   弄破袋子
2. 破掉 原
   書破了
   包裝盒破掉
   衣服破了
3. 摺 原
   把報紙摺成兩半
   為了放進皮夾
   而先摺起來
   摺手帕
4. 折斷 原
   筆折斷了
   花折斷了
   樹枝折斷了

과일손질（動動手切水果）

在台灣，要去果皮的話，通常會使用**껍질제거칼**（削果皮刀），但對韓國人來說，則是習慣使用**과일칼**（水果刀）來削皮。先從蒂頭開始，順著果皮採螺旋狀方式，慢慢把皮削到另一端的蒂頭，這麼一來，不斷皮的削法就完成了。

잘게 자르기

1. 깨다

계란을 깨다
접시를 깨다
컵을 깨다

2. 깨지다

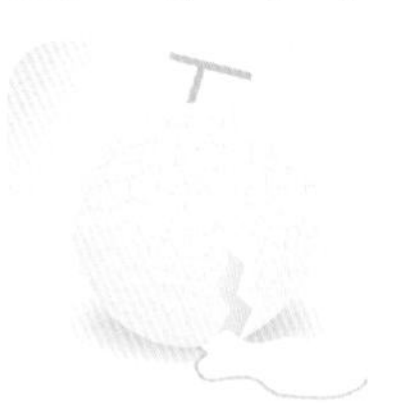

멜론이 깨지다
수박이 깨지다
컵이 깨지다

3. 자르다

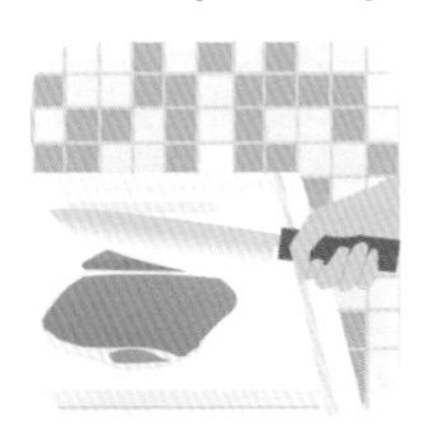

고기를 자르다
큼직하게 자르다
배를 자르다

4. 잘리다

끈이 잘리다
꽃이 잘리다
수박이 잘리다

弄得小小碎碎的

原 原型

1. 破開 原
   打蛋
   打破了盤子
   打破了杯子

2. 裂掉、碎掉 原
   哈密瓜裂開了
   西瓜裂開了
   杯子破了

3. 切 原
   切肉
   大塊大塊地切
   切梨子

4. 切斷 原
   繩子被切斷
   花被切斷
   西瓜被切開

승강기（升降機）

房子越蓋越高，幾乎每個人每天都反覆做著**올라가다**（上去）和**내려가다**（下去）的動作，所以連帶的**엘리베이터**（電梯）和**에스컬레이터**（手扶梯）的數量也越來越多。如果想要靠**다이어트**（節食）來消耗熱量，不如以**운동**（運動）方式來達到瘦身目的比較健康，所以多走**계단**（階梯）是有益無害的。

中韓、韓中線上字典 http://cndic.daum.net
http://cndic.naver.com

상승 또는 하강

1. 올리다

상품을 올리다
가격을 올리다
음량을 올리다

2. 올라가다

엘리베이터가 올라가다
이익이 올라가다
어조가 올라가다

3. 내리다

가격을 내리다
상품을 내리다
원가를 내리다

4. 내려가다

영업액이 내려가다
에스컬레이터로 내려가다
가격이 내려가다

上升或下降

原 原型

1. 換上、調高 原
   把商品上架
   提高價錢
   加大音量

2. 爬升、上揚 原
   電梯往上升
   利益增加
   語調提高

3. 降下、減少 原
   降低售價
   將商品下架
   減少成本

4. 下降 原
   營業額下降
   搭電扶梯下去
   價格下降

지불 방법（付款方式）

現金、刷卡都是付帳的方式，如果與對方關係好的話，**외상**（賒帳）也是可以的。在韓國買東西還有另一種付款方式，那就是刷手機。就像悠遊卡一樣，先到特定的地點儲值，然後在**가맹점**（加盟店）的店家，讓手機通過感應器，就可以完成結帳。這種設計可以免除出門帶很多現金的麻煩。

國際匯率資訊
http://kr.finance.yahoo.com/currency

어디로 갔어요?

1. 잃어버리다

버스카드를 잃어버리다
친구를 잃어버리다
가족의 믿음을 잃어버리다

2. 없어지다

지갑이 없어지다
돈이 없어지다
도시락의 고기가 없어지다

3. 떨어뜨리다

물건을 떨어뜨리다
연필을 바닥에 떨어뜨리다
50점 이하의 학생을
떨어뜨리다

4. 떨어지다

성적이 떨어지다
입학시험에 떨어지다
학생들의 실력이 떨어지다

丟到哪兒去了？

原 原型

1. 弄丟、喪失 原
   弄丟了悠遊卡
   失去朋友
   失去家人的信任

2. 不見 原
   錢包不見了
   錢沒了
   便當的肉不見了

3. 弄掉 原
   把東西弄掉
   把鉛筆弄掉地上
   50分以下的學生被當掉

4. 掉下 原
   成績退步
   入學考試落榜
   學生的程度下降

我們改寫了書的定義

創辦人暨名譽董事長　王擎天
董 事 長　王寶玲
副總經理　歐綾纖　　印製者　和楹印刷公司
出版總監　王寶玲

法人股東　華鴻創投、華利創投、和通國際、利通創投、創意創投、中國電視、中租迪和、仁寶電腦、台北富邦銀行、台灣工業銀行、國寶人壽、東元電機、凌陽科技（創投）、力麗集團、東捷資訊

策略聯盟　采舍國際・創智行銷・凱立國際資訊・玉山銀行
凱旋資訊・知遠文化・均洋印刷・橋大圖書
交通部郵政總局・數位聯合（seednet）
全球八達網・全球線上・優碩資訊・矽緯資訊
（歡迎出版同業加入，共襄盛舉）

◆台灣出版事業群　新北市中和中山路2段366巷10號10樓
TEL：2248-7896
FAX：2248-7758

◆北京出版事業群　北京市東城區東直門東中街40號元嘉國際公寓A座820
TEL：86-10-64172733
FAX：86-10-64173011

◆北美出版事業群　4th Floor Harbour Centre P.O.Box613
GT George Town, Grand Cayman,
Cayman Island

◆倉儲及物流中心　新北市中和中山路2段366巷10號3樓
TEL：02-2226-7768
FAX：02-8226-7496

www.book4u.com.tw
www.book4u.com.tw

國家圖書館出版品預行編目資料

就是快！韓語單字開口就能說！

金敏珍,第二外語發展語研中心著. --初版.

新北市中和區 ： 知識工場, 2014.08

面；公分． --（韓語通；6）

ISBN 978-986-271-524-6（平裝附光碟片）

1.韓語　　2.詞彙

803.22　　103012016

知識工場・韓語通 06

就是快！韓語單字開口就能說！

出 版 者／全球華文聯合出版平台・知識工場
作　　者／金敏珍、第二外語發展語研中心
出版總監／王寶玲
總 編 輯／歐綾纖
印 行 者／知識工場
文字編輯／蔡靜怡
美術設計／Mary

台灣出版中心／新北市中和區中山路2段366巷10號10樓
電話／（02）2248-7896
傳真／（02）2248-7758
ISBN-13／978-986-271-524-6
出版日期／2022年最新版

全球華文市場總代理／采舍國際
地址／新北市中和區中山路2段366巷10號3樓
電話／（02）8245-8786
傳真／（02）8245-8718

港澳地區總經銷／和平圖書
地址／香港柴灣嘉業街12號百樂門大廈17樓
電話／（852）2804-6687
傳真／（852）2804-6409

全系列書系特約展示
新絲路網路書店
地址／新北市中和區中山路2段366巷10號10樓
電話／（02）8245-9896
傳真／（02）8245-8819
網址／www.silkbook.com

本書全程採減碳印製流程並使用優質中性紙（Acid & Alkali Free）最符環保需求。

本書為韓語名師及出版社編輯小組精心編著覆核，如仍有疏漏，請各位先進不吝指正。來函請寄iris@mail.book4u.com.tw，若經查證無誤，我們將有精美小禮物贈送！